Zu diesem Buch

«‹Ein Sommer am Meer› erfüllt den Leser trotz allem beschriebenen Leid mit einer starken Zuversicht in die Möglichkeit des menschlichen Glücks. In den zwischen den Zeilen zu lesenden philosophischen Anklängen, die an Camus' ‹Sisyphos› erinnern, wird eine Überwindung des Absurden aufgezeigt, aufgerufen zur Rückbesinnung auf menschliche Grundwerte: Liebe, Freundschaft, Zärtlichkeit, Musik, Verbundenheit mit der Natur, den Rhythmus der Erde und schlichte Menschlichkeit» («Westfalen-Blatt»).

«Es ist ein Buch, das den Stempel des Besonderen trägt. Seinem unnachahmlichen Fluidum kann man sich schwerlich entziehen!» («Recklinghäuser Zeitung»).

Anne Philipe, zwischen den beiden Weltkriegen in Brüssel geboren, lebt seit 1938 in Paris. Sie war Mitarbeiterin des Musée de l'Homme und drehte volkskundliche Filme in Äquatorialafrika. 1949 gründete sie zusammen mit Jean Rouch das Comité du Film Ethnographique. Als Journalistin war sie ständige Mitarbeiterin von «Les Lettres Françaises», «Liberation» und «Le Monde». Sie bereiste den Verbindungsweg zwischen China und Kaschmir über Sinkiang, die alte «Seidenstraße», worüber 1955 ihr Buch «Caravanes d'Asie» erschien. Von 1959 bis 1962 hielt sie sich in Kuba auf und veröffentlichte darüber eine vielbeachtete Reportage. Sie war seit 1946 mit dem 1959 verstorbenen Schauspieler Gérard Philipe verheiratet und hat einen Sohn und eine Tochter. Sie schrieb ihrem verstorbenen Mann das vielbeachtete Requiem, zugleich ein ergreifendes Zeugnis der Liebe, «Nur einen Seufzer lang» (rororo Nr. 1121), später ein Buch der Rückkehr aus dem Bannkreis des Todes «Morgenstunden des Lebens» (rororo Nr. 1468).

Anne Philipe

Ein Sommer am Meer

Roman

Deutsch von
Rita und Edmond Lutrand

rororo
Rowohlt

Die Originalausgabe erschien unter dem Titel
«Un été près de la mer» bei Gallimard, Paris
Umschlagentwurf Werner Rebhuhn

Veröffentlicht im Rowohlt Taschenbuch Verlag GmbH,
Reinbek bei Hamburg, Februar 1984

Gesamtherstellung Clausen & Bosse, Leck
Printed in Germany
680-ISBN 3 499 15301 7

I

Elsa rührt sich nicht, ihre Augen sind geschlossen; langsam weicht der Schlaf, und wie ein Irrlicht flackert ihr Bewußtsein. Sie spürt die Stille draußen, dann hört sie fern im Nordosten ein dunkles Donnergrollen. Nicht aufwachen, nicht das Gewitter hören, wenn es näher kommt! Sie treibt an den Rändern des Schlafs.

Weiße Schwäne über dem Tweed. Schottland. Sie steht auf einem Hügel. Das Wasser zu ihren Füßen strömt von rechts nach links, die weißen Vögel fliegen von links nach rechts darüber hin. Lautlose Stille. Sanft schwingende Gegenbewegung. Der schiefergraue Fluß gleitet schimmernd bis zu einem fernen Wasserfall am Anfang einer weiten Biegung und stürzt dann tosend einer Insel entgegen, an deren Ufer zwischen Schilf und Bäumen Scharen von Vögeln hausen. Elsa geht den Hügel hinunter, schlendert am Flußbett entlang. Wartet. Die Schwäne tauchen wieder auf; sie lassen sich jetzt vom Strom tragen, gleiten an ihr vorüber, rudern mit ihren orangeroten Füßen. Am Rand des Wasserfalls breiten sie ihre Flügel aus und schweben zur Insel hinüber. Elsa geht ihnen nach. Das Geräusch des Wassers nimmt zu – oder ist es ein neues Donnergrollen? Sie geht weiter durch Gräser und immer tiefer werdenden

Schlamm; kehrt um, bleibt stehen, blickt zurück: dort hinten versammeln sich die Schwäne, sie kommen wieder auf sie zu, durchfliegen den opalisierenden Dunstschleier, der über dem Wasserfall hängt, und gehen nahe vor ihr auf dem Wasser nieder. Sie kämpfen gegen die Strömung und machen sich plötzlich zu neuem Start bereit. Ihre Körper richten sich auf, sie schlagen unerwartet kräftig mit den Flügeln, und das Geräusch dieser Schläge ähnelt dem Rauschen des Wasserfalls und dem dumpfen Grollen des Donners. Sie heben langsam ab, strecken Hals und Kopf waagerecht, ziehen die Füße ein, kreisen über Elsa, durchbrechen dann ihre Runde, um Kurs zu nehmen auf die Flußmündung, und entschwinden am blaßgrauen Himmel. Eben hat sie noch den schweren Flügelschlag gehört, jetzt sind sie weit fort und haben ihre unwirkliche Anmut zurückgewonnen.

Sie war ihnen ähnlich, die nackte Frau auf dem Felsen, an dem die Wellen sich brechen; ihre Grazie war von der gleichen Art wie die der Vögel, wenn sie sich auf dem Wasser treiben lassen oder den Himmel durchstreifen. Heute ist er tot, der Freund mit den dunklen, bald kastanienbraun, bald pechschwarz schimmernden Augen, in denen manchmal eine große Traurigkeit aufschien. Er war aufgestanden, langsam zu seinem Sekretär gegangen und hatte aus einer ledernen Brieftasche ein Photo genommen: «Sieh, wie schön sie war», hatte er gesagt. Schön wie ein weißer Schwan, hatte Elsa gedacht. Die junge Frau lag auf dem Felsen, der leicht geneigte Kopf bildete zusammen mit Hals, Schultern, Armen und Händen ein großes V, das an zwei fast entfaltete Schwingen erinnerte. Nichts Hartes, nichts Eckiges; Hüften und Schenkel zierlich, ein Bein ausgestreckt, das andere leicht angewinkelt; die halbgeöffneten Augen waren auf die Kamera gerichtet. «Sieh her!» und sie hatte ihn angeblickt, während er photographierte, um sich ein Bild von der Zeit des Begehrens zu bewahren.

Die so schön, so strahlend gewesen war, hatte im Garten die Blumen begossen und den Schildkröten Futter gegeben, während sie beide drinnen in dem kleinen Haus in Athen das Photo betrachteten.

Ein erster Blitz zuckt durch Elsas Augenlider. Sekunden später folgt der Donner. Das Gewitter ist noch weit, aber es kommt näher. Sie wartet, sie glaubt wach zu sein, aber ihr wird bewußt, daß sie soeben geträumt hat. Einen sehr kurzen Traum, den sie nicht vergessen will und der doch schon entflieht. Sie spürt ihm nach, erhascht einige

Bruchstücke, erinnert sich dann und ruft ihn wieder herauf: Ein junger Mann brachte ihr ein sehr dickes, in schwarzes Kunstleder eingebundenes Manuskript. Sie blätterte darin, aber es öffnete sich immer wieder bei einer bestimmten Seite, die anders war als die übrigen, aus steifem Karton und voller kleiner kästchenförmiger Vertiefungen. Eine davon enthielt Asche, es mochte auch besonders feiner Sand sein, und darunter verbarg sich ein Wort – oder ein Name. Mit dem Finger schob sie die Asche beiseite, um das Wort zu lesen, es gelang ihr nicht und doch rief sie: «Ich habe verstanden!»

Die Anstrengung sich zu erinnern hat sie fast wach werden lassen. Es fällt ihr auf, wie ungewöhnlich still es ist. Kein Blatt regt sich in der Platane, kein Käuzchen ruft, kein Auto fährt vorüber. Man könnte glauben, Himmel und Erde hätten zu atmen aufgehört. Auch sie hält den Atem an. Sie hört ihr Herz klopfen und denkt an ihren Traum. Volodia selbst ist nicht darin aufgetreten, und doch ging es um ihn; der junge Mann war von ihm geschickt worden, und auf dem Manuskript hatte sie seine Handschrift erkannt. Zum erstenmal hat sie von ihm geträumt. Wo mag er diesen Septembermonat verbringen?

Ein langer Blitz, heftiger als der erste, auf den sofort ein Donnerschlag folgt, schreckt sie auf. Das Gewitter zieht sich zusammen, bald wird es über dem Haus stehen. Elsa gleitet in einen Schlund, dessen Wände aus der Hügelkette und dem Meer gebildet werden, auf dem das japanische Atomschiff umherirrt, das, von Hafen zu Hafen abgewiesen, zu einem schwimmenden Ghetto geworden ist. Auf der Insel ihres Bettes wird sie immer enger eingekreist, von der Erde fort- und in das Zentrum eines Abgrunds gerissen, aus dem eine unbekannte Kraft sie weiter hinabschleudern will. Wohin? Nicht in den Tod, nein, in Schlimmeres, der Tod kann strahlend weiß sein. Die Nacht lastet auf ihr, sie glaubt einen Schmerz zu spüren, einen Druck. Ist es das Gewitter? Der Schlaf wird sie wieder einholen, und dann wird die Dämmerung heraufziehen und der Morgen, der herrliche Morgen. Eines Tages aber wird sich der Schmerz in Brust und Rücken festsetzen . . . Man müßte eine Seele, eine Kraft besitzen, die leichter ist als das Irdische und sich erheben kann, etwas, das im Raum aufgeht und den Körper allein in seinem Schraubstock zurückläßt . . .

Elsa öffnet endlich die Augen; die Bilder und Gedanken, die ihre Phantasmen bevölkerten, verschwinden und lassen sie allein zurück, allein in einer warmen, schwarzen, unendlichen Nacht.

Sie sucht nach Anhaltspunkten: nach dem Kamin, dem Tisch, den Fensterumrissen, aber die Dunkelheit ist vollkommen, undurchdringlich und grenzenlos. Selten gibt es im Herzen der Sommernächte eine solche Stille. Ist das Gewitter weitergezogen? Vielleicht war es nichts, nur ein vorzeitiges Aufwachen. Nirgendwo ein Schmerz, der Arm ein wenig eingeschlafen, der Körper schweißbedeckt, die Nerven angespannt.

Da erbebt das Haus. Blitz und Donner explodieren zu gleicher Zeit, ein schwarz-weißes Feuerwerk erhellt Zimmer und Baum. Eines Tages wird der Blitz in die Platane einschlagen, und der Baum wird auf das Haus stürzen und es zerstören. Der Himmel bleibt hell. Vor der Tür winselt der Hund, sie läßt ihn herein und fühlt sich weniger einsam. Wie können die anderen nur schlafen, denkt sie. Die Nacht kehrt zurück, und sie versucht vergebens Licht zu machen. Sie will das Fenster schließen; als sie aber die Hände auf den Fenstergriff legt, durchfährt sie ein elektrischer Schlag. Sie bleibt erschrocken stehen und starrt auf den Baum, der so nah ist, daß sie die gespenstisch wirkenden Blätter berühren könnte. Es beruhigt sie, den Atem des Hundes an ihrem Bein zu spüren. Tastend sucht sie nach Kerze und Zündholz und legt sich wieder hin. Die ersten Regentropfen klatschen schon mit dumpfen oder hellen Lauten auf den wilden Wein, den Steintisch und die Erde, dann bricht ein Wolkenbruch los. Elsa lauscht besänftigt. Der Schlag hätte mich töten können, denkt sie. Die Angst ist vorüber. Sie fühlt sich in Sicherheit. Das Gewitter zieht auf das Meer hinaus. Erschöpft schließt sie die Augen, und sofort taucht, getragen vom Rauschen des Regens, das Bild der Schwäne wieder auf. Ihre weiße Erscheinung verwandelt sich in ein vom Wind geblähtes Segel. Elsa ist jetzt Segel und Wind zugleich, und ihr Leib wird zum Fluß und zum Kind. Eine ungeheure Kraft reißt sie mit sich fort. Die Stöße werden eins mit der Stimme des Arztes und mit dem Strom, und alles wird eins mit dem Segel, das sich vom Himmel abhebt wie ein großes, weißes, von Sima gemaltes Ei. An die unsichtbaren Kräfte des Lebens und des Todes gefesselt, wird sie von den Fluten mitgerissen, davongetragen in jene Regionen, wo Körperliches und Geistiges nicht voneinander geschieden sind. Das Licht eines Scheinwerfers begrenzt den Ort der Handlung: Ein Kind kommt auf die Welt. Der Arzt steht im offenen

Winkel ihrer Beine, seine Stimme hallt, erklärt, was sie jetzt durchlebt. Sie gehorcht ihm und übersetzt seine Worte in Visionen von Wasser, Strömung, Ufer und Wind.

Du allein warst ruhig und beruhigend wie ein Stück heimatlichen Bodens. Wo bist du? Kein Ort, wo du bist, kein Ort, wo du nicht bist.

Der Fluß ist breit und in der Mitte wirbelt die Strömung, während an den Ufern das Wasser fast steht, durchsichtig ist und leise verebbt wie der zarte Ton einer japanischen Flöte.

Elsa ist in der Mitte des Stroms, dort wo sein Bett am tiefsten ist; es kommt darauf an, nicht die Richtung zu verlieren, sie muß sich anpassen, so schnell schwimmen, wie der Strom es fordert, ohne dabei die Kontrolle zu verlieren, ohne zurückzubleiben oder sich überwältigen zu lassen. Dieser aus dem Schoß der Erde kommende phantastische Strom wird sie nicht wieder freigeben. Die wie Grundwellen vom Horizont herbeirollenden Stöße überfallen ihren Körper, durchdringen ihn, klingen ab, aber schon naht die nächste Welle. Welche wird die letzte sein? Jede kündigt sich an durch eine Verhärtung des Leibes, der so fest und so schwer wird wie Stein. Elsa fürchtet, sie könne die Wellen nicht auffangen, ihnen nicht folgen, ihr

Körper werde zerreißen oder zermalmt werden. Der Sturm bricht über sie herein, die Stimme verliert sich im Getöse, sie möchte verstehen, kann aber nichts hören. Dann erscheint ein See, eine ruhige Wasserfläche, und die Stimme nähert sich wieder: «Es ist gleich vorüber», sagt sie, «ich sehe schon den Haarschopf.» Aber es beginnt von neuem. Der Leib wird hart, als ob die Stoßkraft sich sammelt, bevor sie losbricht. «Ich sehe die Stirn.» Einen Moment lang holt Elsa Luft, aber das Segel, der Leib, das Ei schwellen an, eine wilde Strömung reißt sie wieder davon, sie hört den Wasserfall, sieht den Schaum, wirft sich in die wogende Atmung: «Ich hab schon die Schulter.» Und das Kind gleitet heraus, sie sieht, wie vier Hände es halten, es hängt noch an der Plazenta, die sich langsam aus dem Inneren des Leibes löst. Es ist vorüber. Ein paar letzte Wehen, wie Wetterleuchten, das noch den Himmel erhellt, wenn das Gewitter abgeklungen ist.

Draußen rauscht das Wasser. Elsa sieht die vielen kleinen Sturzbäche vor sich, die in den von Herbststürmen gegrabenen Wasserrinnen ins Tal stürzen. Sie horcht auf den Regen, der unaufhörlich fällt, als sei er ein ewiges Band zwischen Himmel und Erde; ihr ist, als falle er auch auf sie und überschwemme sie ebenso wie die Erde und die Bäume.

Wie spät mag es sein? Elsa sieht das kleine glänzende Feuerauge der brennenden Spirale, die Fliegen und Mücken fernhalten soll, und atmet ihren Weihrauchduft. Sie fühlt sich befreit, kraftvoll und bewegt sich mit großen Flügelschlägen durch Raum und Zeit, von einem Hügel zum andern, über Weinberge und Wälder und über die Garrigue hinweg, vorüber an vergangenem und gegenwärtigem Leben. Sie gleitet mühelos, wie durch offene Türen, vom Wachsein in Träumerei und Beinahtraum, ohne an Grenzen zu stoßen und ohne in Abgründen zu versinken; die gleiche Quelle spendet Schatten und Licht, eins läßt den Wunsch nach dem andern entstehen, und ihr Wechsel bringt Freude. Jenseits der Hügel und der Ebene dehnt sich das freundliche, schützende Meer, in dessen warmem, unendlichem Schoß Leben entsteht und vergeht. Erde, Himmel, Meer, Zeit und Raum stehen in einem ständigen Wechselspiel, in dem es keinen Stillstand gibt. Ist das Leben, ist die Liebe eine Rückkehr zum Urquell oder ein Aufbruch in unbekannte Gewässer?

Der Regen hat aufgehört, es tropft nur noch von den Ästen. Der Morgen zieht herauf. Im

Halbschlaf hört Elsa zwei oder drei Häherschreie und öffnet die Augen. Die beiden hohen Fenster sind aschgrau und durch die Äste des Baums scheint der bleiche Morgenhimmel. Sie erinnert sich daran, daß es einmal eine Zeit gab, da sie die Stunden zwischen Nacht und Morgengrauen der Liebe widmete und einschlief, wenn die Sonne schon am Himmel stand; Atem in Atem, nur auf das Herz des anderen lauschend, war sie damals, fern von den Ufern allen Leids, vom Genuß in den Schlaf geglitten, in die Vollkommenheit eines animalischen, unerschütterlichen Vertrauens in die Verläßlichkeit alles Körperlichen, als ob schon allein Gedanken Angst absondern könnten. War das Jungsein? Von seinem Körper getrennt sein, getrennt von ihm leben, war das nicht der Anfang des Todes?

Das Gewitter hat kaum Spuren hinterlassen, die Erde scheint nichts zu wissen von der Heftigkeit der Nacht. Der Himmel hat zum erstenmal seit langem seine durchsichtige Klarheit wiedergefunden und in der Luft hängt ein Duft von Eukalyptus und Lavendel.

Elsa spannt die tropfnassen Hängematten, kippt die Leinenstühle um, zieht die Liege in die

Sonne und wirft einen Blick auf die Pflanzen: Basilikum und Estragon sind wieder grün geworden.

Puck erscheint in der Tür. Nackt. Morgens ist er immer nackt.

«Morgen!»

Beim Klang seiner Stimme trottet Médor heran, um ihn schwanzwedelnd zu begrüßen.

«Hat's geregnet?»

«Es hat ein schweres Gewitter gegeben.»

Er blickt den Abhang hinunter.

«Das ist prima, dann kommen die Pferde vom Nachbarn wieder!»

Er geht zu den Lavendelstauden, kommt aber an die blauen Schmetterlinge nicht heran, weil so viele Bienen auf Honigsuche herumschwirren. Enttäuscht kehrt er zu den Mispeln zurück, in denen die großen rostbraunen, schwarz-weiß gefleckten Schmetterlinge leben, die meist unbekümmert umherflattern, die er aber, solange sie still sitzen, nicht fangen kann, weil ihre Schutzfarbe sie unsichtbar macht. Er sucht darum nach Raupen.

«Sie haben sich in Schmetterlinge verwandelt», sagt Elsa.

«Ich will, daß die Schmetterlinge wieder Raupen werden. Ich seh sie immer erst, wenn es zu spät ist!»

Er mag sie nicht und hat in diesem Jahr schon zwei getötet. Den einen hat er auf ein Stück Korken gespießt und zugesehen, wie sein länglicher, einem pelzigen Samenkorn ähnlicher Körper sich wand, und er mit den Flügeln schlug. Den anderen hat er in ein Weckglas gesperrt, in das Thomas einen mit Äther getränkten Wattebausch gelegt hatte. Der Schmetterling ist umhergeflattert und an die Glaswände gestoßen, er hat sich niedergesetzt und ist wieder aufgeflogen, fing an zu taumeln, hat die Beine bewegt, sich wieder beruhigt und wieder angefangen zu taumeln; er hat seine zitternden Fühler ausgestreckt, die Flügel langsam auf- und wieder zugeklappt und schließlich, wie sein aufgespießter Vorgänger, aufgehört sich zu bewegen. Puck hatte gesehen, daß es in seiner Macht stand zu töten.

Elsa beobachtet Charlotte, die ihrerseits zu ihrem Vater aufblickt, oder ihn vielmehr mit den Augen verschlingt; sie sitzt neben ihm und wendet sich, wie eine Blume der Sonne, ihm entgegen.

«Du kommst aus den Ferien», sagt sie, «und einfach so, ganz überraschend . . .»

«Ja.»

«Und wo warst du?»

«In Italien.»

«War's schön?»

«O ja, sehr schön. Ich war bei Freunden, die ein Boot haben, und bin viel gesegelt.»

«Wart ihr auch auf Unterwasserjagd? Tust du das immer noch so gern?»

«Immer noch. Und es gibt dort unten viel mehr Fische als hier.»

«Warst du in einem Dorf?»

«Im Süden, ja. Aber da bin ich nur kurze Zeit geblieben. Ich kann am Meer schlecht arbeiten, weißt du, darum bin ich in den Norden, in die Nähe von Siena gegangen.»

«Warst du da im Hotel?»

«Ja. Ich leb gern im Hotel. Da hat man sein Zimmer, braucht sich um nichts zu kümmern und ist ungestört. Vormittags habe ich gearbeitet, und gegen ein Uhr bin ich mit dem Auto losgefahren.»

«Und du hast dich nicht gelangweilt?»

«Nein», sagt er, «nie. Eines Tages nehm ich dich mit, du wirst sehen, es wird dir bestimmt gefallen.»

Sie neigt ihren Kopf, bis er Bernards Hand berührt und holt tief Luft.

«Vielleicht nächstes Jahr?»

«Ja, warum nicht nächstes Jahr. Dann zeig ich dir alles. Es gibt herrliche Sachen dort, ich nehm dich mit nach Orvieto und nach San Gimignano.»

«Warst du da schon?»

«Ja, oft. Und ich bin immer wieder gern da.»

«Ich war noch nie in Italien.»

«Du hast auch noch Zeit. Ich verspreche dir, daß wir zusammen hinfahren.»

«Soll ich dir ein Brot zurechtmachen?»

«Ja, und ich mach dir eins.»

Elsa hört ihnen zu, verfolgt ihre Blicke und die Art, wie sie sich berühren, sich nahe sind.

«Ich nehme Blaubeeren für dich und du für mich Aprikosenmarmelade, Jeanne hat sie selbst gekocht, und beim nächsten Brot machen wir es umgekehrt.»

«Gut.»

«Trinkst du Tee oder Kaffee?»

«Hast du das vergessen?»

«Nein, aber du könntest ja mal wechseln wollen. Ich wechsel immerzu.»

«Kaffee nie.»

«Aber manchmal nimmst du chinesischen und manchmal Ceylontee.»

«Das ist wahr, aber morgens lieber Ceylon.»

«Du bist aber toll raffiniert.»

Charlotte legt die Hand auf den Arm ihres Va-

Vaters. Sie wiederholt damit, ohne es zu ahnen, die Bewegung, die sie hier in diesem Haus, in das sie kommt, seit sie geboren ist, bei ihrer Mutter gesehen hat. An diesem Tisch hat Françoise Bernards Arm gestreichelt, bis zur Schulter, bis zum Nacken hinauf, hat ihre Finger in seinem Haar vergraben und ihm gleichzeitig mit geschlossenen Augen ihr Gesicht entgegengestreckt, und Charlotte hat die Hand ihres Vaters gesehen, wie sie den Oberschenkel ihrer Mutter faßte und zärtlich drückte, während er ihre Augenlider küßte.

Sie hat nie einen Streit zwischen ihnen gehört und nie Tränen gesehen, aber am Ende eines Sommers, am letzten Ferientag, haben sie ihr gesagt, daß sie sich trennen werden. Und dieses durch keinerlei Anzeichen vorbereitete Ereignis hat eine ständige Furcht in ihr ausgelöst: Schreckliches konnte geschehen, man konnte sterben, man konnte aufhören sich zu lieben und sich verlassen, ohne daß irgend etwas davon sich ankündigte. Weiches Lächeln, Küsse und sanfte Stimmen boten keinen Schutz gegen solche Katastrophen. Charlotte hatte das Rätsel der Trennung ihrer Eltern nicht gelöst, sie stellte keine Fragen, aber sie dachte oft darüber nach und überlegte sich, daß einer der beiden dem anderen weh getan haben mußte;

es schien ihr unmöglich, daß man sich plötzlich trennte, wenn nicht einer aufgehört hatte, den anderen zu lieben, weil er jemand anderen liebte. Sie stellte sich vor, daß ihre Mutter eine heimliche Liebe habe oder daß ihr Vater eine andere Frau liebte, und je nachdem empfand sie Bewunderung oder Haß für den Untreuen und Mitleid oder Verachtung für den Verlassenen.

Sie streichelt immer noch Bernards Arm, aber nur bis hinauf zur Rundung der Schulter, und dabei verfolgt sie das Auf und Ab ihrer Finger; Nacken und Haar gehören zu einer Region, in die sie nicht vorzudringen wagt, die sie nur mit den Augen streift, obwohl sie sie am liebsten mit den Lippen berühren würde. Während ihre Finger ihn liebkosen, fragt sie weiter:

«Hast du einen Sonnenbrand gehabt?»

Sie zupft etwas verbrannte Haut vom Arm.

«Anfangs immer.»

«Hast du denn kein Sonnenöl genommen?»

«Nicht daran gedacht», sagt er.

«Hat denn niemand daran gedacht?»

«Niemand.»

«Sonnenbrand macht müde, sagt Mama. Sehr müde, sagt sie.»

«Da hat sie recht.»

«Sie hat ein fabelhaftes Öl. Ich tue dir was drauf, wenn wir uns in die Sonne legen.»

«Jetzt ist meine Haut dran gewöhnt.»

«Ich tu dir doch was drauf. Es riecht so gut.»

«Und was hast du in diesem Sommer getrieben, bevor du hierhergekommen bist?»

Er blickt zu Elsa hinüber, und Charlotte erhascht diesen Blick und ärgert sich.

«Wir waren in den Pyrenäen.»

«War das Wetter schön?»

«Ja, alles war schön. Wir haben viele Blaubeeren gegessen, das mag ich gern, weil man eine blaue Zunge davon bekommt wie ein Chow-Chow. Und große Wanderungen haben wir gemacht und Tennis gespielt. Es waren noch andere Kinder da. Manchmal sind wir auch ins Schwimmbad gegangen. Und dann sind wir nach Paris zurückgefahren, weil Mama arbeiten mußte, und dann ist sie mit Freunden nach Portugal gefahren, und ich bin hierhergekommen. Sie schreibt mir oft. Zweimal in der Woche mindestens. Briefe. Warum schreibst du mir nicht?»

«Du weißt doch, daß ich nicht schreiben kann, aber dafür ruf ich dich an.»

«Na, das ist aber lange her . . .»

«Nicht so sehr lange. Höchstens drei Wochen.»

«Und das findest du nicht lange?»

«Im Sommer sind die Leitungen immer besetzt, da ist das nicht so einfach . . .»

Sie wiederholt leise und weiß selbst nicht, ob sie möchte, daß er sie hört.

«Drei Wochen . . . das soll nicht lange sein!»

Und fängt an:

«Ihr Männer . . .»

«Halt stopp! Sei vorsichtig, sonst zähl ich dir alle die Fehler auf, die man den Frauen nachsagt.»

Sie geht zu Médor und streichelt ihn.

«Er ist blind, weißt du, und schon uralt. Er muß bald sterben.»

Bernard ruft:

«Médor!»

Der Hund bleibt mit hängenden Ohren liegen.

«Er sieht dich nicht und erkennt deine Stimme nicht mehr.»

«Ja, wirklich, er ist alt geworden.»

«Das wechselt bei ihm», sagt Elsa. «Er kann die Hitze nicht vertragen, und die Pfoten tun ihm weh.»

«Ja», sagt Charlotte, «die *spigalous* dringen ihm in die Pfoten und in die Ohren. Das sind die Grannen vom wilden Hafer.»

«Hier ist es heißer als in Italien.»

«Ja, in diesem Jahr wirklich», sagt Elsa, «und wir haben schon Anfang September. Bist du heute nacht nicht in das Gewitter geraten? Nun wird es mit einemmal Herbst werden . . .»

Sie unterbricht sich, lacht, steht dann unvermittelt auf und geht einige Schritte auf das Gehölz zu.

«Wie lange bleibst du hier?» fragt Bernard.

«Bis Mama aus Portugal zurückkommt. Elsa bringt mich an den Zug . . . spätestens zum Schulanfang. Ich kann noch ein paar Tage bleiben, aber nicht mehr lange.»

Er kommt immer nur auf einen Sprung vorbei. Charlotte fragt nicht, wie lange er bleiben will, er würde nur eine ausweichende Antwort geben, sich einen sofortigen Aufbruch vorbehalten. Eines Morgens wird er die Kühlerhaube aufstellen, um den Ölstand zu prüfen und Wasser nachzufüllen, und sie wird begreifen, daß er sie in ein bis zwei Stunden verlassen will.

«Wo gehen wir heute hin?» fragt sie.

«Heute tun wir, was du willst.»

Puck beobachtet Ameisen, die eine verletzte Heuschrecke vorüberschleppen. «Sie sind gemein», sagt er, «sie hat ihnen nichts getan.» Er vertreibt die Tiere mit Wasser und nimmt die Heuschrecke in die Hand. «Sie hat gar keine Beine mehr, ich will sie füttern, aber ich weiß nicht, was sie frißt.» Er steckt sie zusammen mit einigen Platanenblättern in eine Schachtel. «Ich glaube, sie hat wenig Chancen durchzukommen», meint Elsa. Er schaukelt in der noch feuchten Hängematte und läßt die Füße über den Boden schleifen. «Ich finde es hier langweilig. Wer geht mit mir zum alten Waschhaus?»

François ist schon lange wach, Jeanne schläft noch. Er horcht auf das Gespräch vor dem Haus, hört das Klirren der Bestecke, der Teller und Tassen, die jemand auf den Tisch stellt. Er hat die Stimme von Bernard erkannt. Thomas ist noch nicht unten, er schläft wohl noch, wie Jeanne. Satzfetzen fliegen bis zu ihm herauf: Orvieto, San Gimignano . . . Jeanne regt sich. Er möchte an nichts denken; ganz einfach genießen, daß er da ist; neben ihr liegen, ihren Geruch einatmen, ihre Hand berühren, sehen, wie die Ader an ihrem Hals regelmäßig klopft und ihrem Atem lauschen.

Die Stimmen draußen reden weiter: «Ich kann die Schmetterlinge nicht fangen, die Bienen lassen mich nicht ran . . .» – «Eine Biene will Médor stechen . . . ich sag dir, komm, es ist wirklich gefährlich . . .» Elsas leise Stimme: «Ich komme gleich. Ich esse zu Ende und komme dann . . .»

Jeannes Haar. Plötzlich ist François überwältigt von seinem Duft und seiner weichen Fülle; es duftet nach Feuerstein und Salz und wärmt seine Schulter wie zarte, leichte Seide. Er wünscht, Jeanne möge aufwachen, will sie aber nicht wekken. Der Regen hat sie beide in der Nacht vom großen Strand vertrieben. Vom Zimmer aus haben sie das Gewitter verfolgt und bis zum Morgengrauen geredet. Über alles, wie es gerade kam, über seine Reise, die Rückkehr, die Geburt: «Wenn es zur Welt kommt, bevor du zurück bist, holen wir dich zu zweit ab», über die Wäsche bei der Wäscherei, die nun wieder geöffnet sein muß, nachdem sie den August über geschlossen war. «Wo ist deine Fahrkarte?» hatte Jeanne gefragt. «Bei der Agentur, zusammen mit meinem Pass. Aber ich darf die Impfscheine nicht vergessen, die im Schreibtisch liegen.» – «Den Schreibtisch habe ich abgeschlossen, der Schlüssel ist in der Teedose in der Küche. Denke daran: in der Teedose. Das Bett ist gemacht. Rufst du mich an?»

Heute abend würde er in der leeren Wohnung schlafen, seinen Koffer packen, telephonieren. «Ja, ich ruf dich an. Sind meine Apparate in der Tropenkiste?» – «Ja, aber auf der Kiste steht die Wiege. Paß auf, sie ist noch verpackt.» Schließlich waren sie erschöpft eingeschlafen.

Er wendet sich Jeanne zu, schiebt leise seine Schenkel unter die ihren und streichelt sie, liebkost sie. Langsam regt sie sich, schmiegt sich an ihn, öffnet sich, umfaßt mit ihrer Hand seinen Nacken. Mit geschlossenen Augen gleitet Jeanne vom Schlaf in die Wollust, und er vom Begehren in den Rausch, während er zusieht, wie ihr Gesicht sich verändert. Die Stimmen draußen verlieren an Deutlichkeit, entfernen sich, vermischen sich mit dem Wind, der die Platane wiegt. Sie kennen nur noch Wahrnehmungen, Herzklopfen, rhythmisches Schwingen, Schwellen, Saugen, Vibrieren, ein immer enger werdendes Kreisen, und als Jeanne unter François' Lippen «Ja», murmelt, «ja!» löst sich, was größte Spannung war, schmilzt und überflutet alles.

Stille, Zauber, Besänftigung . . . und dann dringen die Geräusche wieder aus der Nähe und deutlich vernehmbar zu ihnen herauf.

Puck und Elsa gehen den Hang hinunter.

«Erzählst du mir eine Geschichte?»

Elsa möchte spazierengehen, einfach vor sich

hin schlendern, aber Puck ist unersättlich, er lebt von den Geschichten, die man ihm erzählt, und von denen, die er sich ausdenkt. Seine Phantasie läßt ihm keine Ruh, und nachts hört man ihn träumen.

Monsieur C. arbeitet im Weinberg. Puck nennt ihn den Mann vom Weinberg.

«Wir wollen ihm guten Tag sagen», meint Elsa.

Monsieur C. ist über den nächtlichen Regen besorgt.

«Es muß jetzt sehr heiß werden», sagt er, «sonst faulen die Trauben. Es hätte viel früher regnen müssen. Seit Monaten haben wir keinen Tropfen Wasser gesehen, nicht einmal genug, um ein Blatt anzufeuchten!»

Puck hört zu und sagt kein Wort.

«Ich hab eben da hinten beim Waschhaus eine Ringelnatter totgeschlagen», fügt Monsieur C. noch hinzu. «Sie hat sich nicht vom Fleck gerührt. War gerade dabei, ein junges Kaninchen zu verschlingen.» Puck will gleich nachsehen. Die Ringelnatter liegt der Länge nach ausgestreckt in der Sonne, grüne Fliegen schwirren um sie herum. Einige haben sich schon an den weit aufgerissenen Kinnbacken festgesaugt, andere drängen sich um die Augen. Vom schwarzen Kaninchen sind nur noch die hinteren Läufe zu sehen. Puck beugt sich hinunter. «Guck mal!» Er zeigt auf eine Wunde, einen rubinroten Fleck, um den die Fliegen kreisen; sie fliegen ganz niedrig, verjagen sich gegenseitig, um vom Rand des kleinen Kraters aus das Blut zu saugen.

«Ein Stich von einer Forke», sagt Elsa.

«Wo ist die Forke?»

«Das weiß ich nicht.»

Puck ruft Monsieur C.

«Wo ist die Forke?» fragt er.

«Da hinten.»

Er zeigt zum Waschhaus. Ja, da steht sie. An die Wand gelehnt. Der Junge geht mit einer Art von Respekt darauf zu.

«Die Zinken sind ja gar nicht spitz», sagt er.

«Sie sind wohl vom Graben stumpf geworden.»

«Aber eine ist doch reingegangen. Er muß tüchtig zugestoßen haben.»

Er geht zur Ringelnatter zurück.

«Sieh mal die Ameisen auf ihrem Schwanz. Auf dem kleinen Kaninchen sind auch welche.»

«Komm, wir wollen nachsehen, ob es reife Feigen gibt. Die müssen sofort gegessen werden.»

Elsa zieht das Kind mit sich fort. Sie gehen den Weg entlang.

«Erzähl mir die Geschichte vom kleinen Kaninchen und der Schlange. Glaubst du, daß sie beim Gewitter in seinen Bau gekrochen ist? Und auch seine Eltern gefressen hat?»

Elsa sagt:

«Ich glaube eher, daß alles heute morgen passiert ist, ungefähr zu der Zeit, als Bernard ankam. Die Natter hatte sich wohl in die Sonne gelegt, und dann ist das Kaninchen gekommen, um am Rand des Weinbergs das Gras zu fressen, und . . .»

«Aber wie hat sie es denn erwischt? Es konnte doch laufen.»

Elsa geht auf das Spiel ein.

«Ich weiß nicht. Vielleicht hat sie es hypnotisiert.»

«Hypnotisiert?»

«Ich meine, es hat sich nicht gerührt und sich einfach fressen lassen.»

«Erzähl! Erzähl doch!»

Elsa pflückt einige Feigen.

«Gib auf die Wespen acht», sagt sie.

Puck reißt jede Frucht auf, bevor er hineinbeißt.

«Wie hat sie es denn hypnotisiert?»

«Plötzlich hat es die Schlange vor sich gesehen, ganz groß, du weißt ja, wie groß sie war. Sie hatte sich aufgerollt und den Kopf aufgerichtet und hat das Kaninchen mit ihren schwarzen Augen angestarrt, und das Kaninchen hat sie auch angestarrt und sich hingesetzt und hat gar nicht mehr wegsehen können. Und dann ist es auf die Schlange zugehoppelt, als ob es angezogen würde, und sie ist mucksmäuschenstill liegengeblieben, und das Kaninchen ist noch näher gekommen, und als es ganz nahe herangekommen war, hat sie ihren Körper wie eine Feder nach vorn geschnellt und das Kaninchen gepackt.»

«Und dann? Erzähl weiter.»

«Dann hat sie es nicht gleich gefressen; erst hat sie es mit Spucke überzogen, und dabei ist es ganz still sitzengeblieben, so groß war seine Angst.»

«Hat es sich denn gar nicht gewehrt? Hat es sich nicht gerührt?»

«Nein. Es hat alles mit sich geschehen lassen. Es ist ganz glatt und glitschig geworden, und dann erst hat sie ganz langsam angefangen, es nach und nach zu verschlingen.»

«Und dann?»

«Dann hat der Mann vom Weinberg sie totgeschlagen.»

«Und dann?»

«Nun ist Schluß.»

Zum erstenmal in diesem Sommer hört man

Wasser im Bachbett rieseln. Sie gehen noch ein Stück weiter. Elsa pflückt rosa und lila Wicken. Ob das Meer heute ruhig sein wird? Es geht kaum ein Wind, kein Mistral hat sich erhoben, um den Regen zu vertreiben . . . Das Wasser wird trübe sein, und wer es klar liebt, wird weit hinausschwimmen müssen.

«Wollen wir bis dahin gehen, wo man das Meer sehen kann?»

Das Kind will lieber umkehren. Sie kommen wieder am Feigenbaum vorüber und pflücken noch einige Früchte. Als sie in die Nähe des Hauses kommen, sehen sie Médor, der mit gespitzten Ohren auf jedes Geräusch lauscht und suchend umherschnuppert. Er wartet auf sie und läuft ihnen, über Steine stolpernd, langsam entgegen.

«Wir haben Feigen für dich gepflückt», sagt Puck zu Thomas, der in einer Hängematte liegt.

Er hört sein Bach-Präludium und liest im dritten Band der Trotzki-Biographie von Isaac Deutscher. Puck betrachtet das Bild auf dem Buchumschlag:

«Komisch, der hat eine Brille mit nichts, was sie festhält.»

«Das nennt man einen Kneifer», sagt Thomas.

«Kneift der wirklich in die Nase?»

«Muß wohl, wenn's halten soll.»

«Komm, laß uns schießen.»

«Dann mußt du die Zielscheiben auswechseln», sagt Thomas.

«Tu ich auch. Der Mann vom Weinberg hat eine riesige Schlange mit einer alten Forke totgestochen.»

Elsa sieht den beiden bei ihren Vorbereitungen für das Schießen zu.

«Ich gehe baden. Bis später.»

Beim Anblick des Meeres und der felsigen Küste muß Jeanne an ihren Traum denken. Sie sieht den von einem Haifisch angefallenen Körper, einen ungewöhnlich weißen Körper wieder deutlich vor sich.

«Woran denkst du?» fragt François.

«An einen Traum von heute nacht», sagt sie.

Sie gehen den zwischen Steinbrocken und kräftigen sturmerprobten Büschen hindurch führenden Pfad zum Wasser hinunter. Puck klettert auf jeden Felsblock und springt umher, ohne auf das Geröll zu achten; sobald aber Jeanne zu sprechen anfängt, kommt er zu ihr und weicht keinen Schritt mehr von ihrer Seite.

«Es war ein Strand ohne Felsen», sagt sie und weist auf das Meer, «eine sandige Bucht am Fuß eines Hügels. Das Wasser war klar, aber nicht blau. Erinnerst du dich in dem Film von Flaherty, der in Island spielt, an den großen weißen Hai, den die Kinder von einem Felsen aus beobachten? Das Meer in meinem Traum hatte solch eine Färbung. Austernfarben. Und dazu war es sehr heiß. Kurz vor einem Gewitter kann das Meer manchmal so aussehen. Am anderen Ende des Strandes lagen viele dicke runde Steine. Vom Hügel aus beobachtete ich die Badenden, und plötzlich sah ich den Hai. Ich erkannte ihn an seiner schlanken Form und an seiner Rückenflosse und erinnerte mich während meines Traums daran, daß ich einmal im Aquarium in Boston Haifische gesehen hatte. Mein Vater hat mich dahin mitgenommen, als ich fünfzehn Jahre alt war. Es ist ein sehr großes, zylindrisches Aquarium in einem spiralförmig angelegten Terrain. Die Haie halten sich im tiefen Wasser auf, man sieht sie, sobald man den Raum betritt. Ich hatte immer schon Angst vor ihnen gehabt, denn irgendwo hatte ich gelesen, daß ‹requin› von ‹Requiem› hergeleitet sei, weil es für den angegriffenen Schwimmer oder Schiffbrüchigen keine Rettung gibt . . . Damals in Boston habe ich in aller Sicherheit den Wunsch befriedigen können, einmal meiner Angst ins Auge zu sehen . . .»

Jeanne setzt vorsichtig einen Fuß vor den anderen. Bei jedem gefährlichen Wegstück geht François voraus und streckt ihr die Hand oder die Arme entgegen. Puck, der Jeanne auf den Fersen folgt, beobachtet die beiden und spitzt die Ohren.

«Ich war damals von ihrer Schönheit fasziniert. Sie haben unheimliche Augen: eine schwarze Pupille und dazu eine blaßgrüne, fast weiße Iris.»

Jeanne dreht sich zu François um und lächelt ihm zu.

«Der Hai stand ganz ruhig rechts in der Bucht zwischen den Steinen, dort, wo der Hügel in ein Kap auslief und hatte den Kopf dem Ufer zugewandt. Die Badenden dagegen hielten sich bis auf einen, der durch die Bucht schwamm, auf der linken Seite auf. Ich dachte, daß der einsame Schwimmer die Bucht von der einen zur anderen Seite durchqueren wollte, und daß er oberhalb des Hais vorbeigekommen sein mußte, weil er nun mit langsamen, regelmäßigen Stößen auf die Gruppe der Badenden zuschwamm. Ich versuchte ihn vor der Gefahr zu warnen, aber er hörte mich nicht. Der Hai hatte währenddessen gewendet, ohne das Wasser zu bewegen, war auf ihn zu und an ihm vorbeigeglitten, ohne daß der Mann es bemerkt hatte, und schwamm ganz dicht unter der Wasseroberfläche schnell zu den Badenden hinüber. Und dann schoß er plötzlich auf einen unvorstellbar weißen, wie von innen leuchtenden Körper los. Es gab einen großen Wirbel und viel Gischt, und wie auf einem Löschpapier breitete sich nach allen Seiten ein großer Blutfleck aus. Der weiße Körper war in der Mitte auseinandergebrochen, der Hai hielt ihn im Maul und schüttelte ihn . . .»

«Ist das eine wahre Geschichte?» fragt Puck.

«Nein, das ist ein Traum.»

«Erzählst du mir später eine wahre Haifischgeschichte?»

«Ich kenne keine», sagt Jeanne und erzählt weiter:

«Du kannst dir gar nicht vorstellen, wie deutlich ich alles gehört habe, als der Hai angriff: die Schläge mit dem Schwanz und auch das Krachen der Knochen! Und mit welcher unglaublichen Leichtigkeit! Als ob das Verschlingen eines Menschen für ihn kinderleicht wäre, eine kleine Unterbrechung, ein paar Happen auf einem Ausflug!»

«Erinnerst du dich an Maldoror?»

«Wer ist Maldoror?» fragte Puck.

«Ein Mann, der in ein Haifischweibchen verliebt war.»

«Mochte sie ihn auch leiden?»

«Ja. Sie trafen sich immer im Meer.»

«Hat sie ihn denn nicht gefressen?»

«Nein. Sie haben miteinander gespielt und geschwommen.»

Puck schweigt und blickt auf das Meer. Jeanne krault ihm den Nacken.

«Hier gibt es keine Haie», sagt François.

«Dafür gibt's überall Menschen», antwortet Jeanne.

Sie haben das Ufer fast erreicht, klettern noch über einige Steinbrocken und gelangen auf einen im Lauf vieler Jahre von den Feriengästen ausgetretenen Pfad. Die nackten, sonnengesättigten Körper heben sich kaum von den Felsen ab. Es ist die Zeit, wo die Boote hereinkommen und in der Bucht vor Anker gehen.

Jeanne entdeckt schon von weitem Elsas Badetuch auf dem von ihnen bevorzugten großen flachen Felsen. François trägt sie über die letzten Steinbrocken hinweg. Sie ist schwer. Er reibt sein Gesicht an ihrem Haar, preßt sie an sich, küßt sie und setzt sie dann auf einem der Steine ab.

Elsa schwimmt weit draußen. Puck ruft, aber sie hört ihn nicht. Jeanne streift ihr Kleid ab, setzt sich nackt, wie eine Galionsfigur, auf den Felsrand und läßt die Füße ins Wasser hängen.

Auch François zieht sich aus. Dann entnimmt er dem großen Beutel den Gummiring und den Schnorchel für Puck und das große Handtuch, das er mit Jeanne gemeinsam benutzt. Er genießt das herrliche Wetter und den Spätsommerhimmel. Kann der Zauber eines Augenblicks einem die Sinne rauben?

«Ich will Krebse fangen, und dann geh ich vielleicht zu meinem Freund an den kleinen Strand. Darf ich?»

«Warte. Ich binde dir den Gummiring um.»

«Ich will nicht baden.»

«Nimm ihn trotzdem um, falls du dir's anders überlegst . . .»

Jeanne macht die rituellen Handgriffe. François streckt sich zu ihren Füßen aus, umschließt einen ihrer Knöchel mit seinen Fingern, küßt ihren Fuß, läßt die geöffneten Lippen auf ihrer Haut ruhen und murmelt: «Meine Fruchtbarkeitsgöttin!» Jeanne, die ihr gemeinsames Kind trägt, die, in dieser nackten Mittelmeerlandschaft vor ihm liegt, als sei sie aus Raum und Licht geboren, Jeanne ist für sich allein das Gegengewicht zu allem Schmerz und aller Ungerechtigkeit der Welt.

Sie kniet sich hin und sieht ihm tief in die Augen. Dann läßt sie ihren Blick über die Felsen schweifen:

«Puck fängt seine Krebse wieder an derselben Stelle wie gestern.»

Sie sucht Elsa im Wasser und sagt, als sie schließlich ihren Kopf entdeckt hat:

«Ich habe immer Angst wegen der schnellen Motorboote, der Rivas. Man sollte sie alle kaputtschlagen.» Und dann sagt sie: «Ich leg mich zu dir.»

Sie liegen nebeneinander auf dem großen, leicht der Sonne zugeneigten Felsen und sprechen kaum. Ein Gedanke, ein Seufzer des einen wird vom anderen aufgegriffen. Furchterregende Kampfflugzeuge rasen über den Himmel, andere Flugzeuge fliegen langsam und lärmend die Küste entlang und schleppen lange Reklamebänder für Stuyvesant hinter sich her.

«Verdammt», sagt Jeanne, «sogar hier . . .»

«In welchem Evangelium steht, daß Jesus sagt: Mein Gott, warum hast du mich verlassen?» fragt François. «Du weißt doch, auf dem Ölberg. Er war allein gegangen, hatte aber seine Jünger gebeten, ihm in Gedanken beizustehen, denn er wußte, daß Judas kommen würde. Und als er zurückkam, schliefen sie alle . . .»

«Sich nur auf seine eigene Kraft verlassen . . .»

«Ohne jede Brüderlichkeit! Welch furchtbarer Gedanke. Wenn mich mein Vater, als ich klein war, allein ließ, fühlte ich mich völlig verlassen, ich hatte dann gar keine Kraft mehr.»

«Du bist aber nicht schwach.»

«Ich weiß nicht recht.»

«Bestimmt nicht. Du bist der Stärkere von uns beiden. Du bist nicht verlassen, und es gibt keinen Judas. Das ist übrigens gar nicht so einfach: Vielleicht war Judas notwendig, damit sich Jesu Schicksal vollenden konnte? Wie wär das, wenn sein Verrat ein Opfer gewesen wäre?»

«Daran hab ich noch nie gedacht», sagt er.

Er küßt sie und lacht. Eine Weile schweigen beide und lassen die Sonne auf sich niederbrennen.

«Es steht im Markusevangelium», sagt François dann, «und es war nicht auf dem Ölberg, sondern später, als er schon gekreuzigt war.»

Er wendet sich zu Jeanne um:

«Ich werde nicht wieder weggehen. Dies ist das letzte Mal, ich will dich nicht mehr allein lassen.»

Elsa schwimmt nahe an einem Segelboot vorüber, das soeben seinen Anker ausgeworfen hat, und weiter auf die Bastide Blanche zu. Das Gefühl, durchs Wasser zu gleiten, berauscht sie. Sie schwimmt noch weiter hinaus und kehrt dann um. Sie weiß, wenn sie sich weit draußen hält, wird der hohe Granitblock über den Felsen, der ihr zur Orientierung dient, früher auftauchen. Bald kann sie Jeanne und François ausmachen und ihr weißes Badehandtuch, dann entdeckt sie weiter links auch Puck. Er strolcht zwischen den Felsen umher und hält sorgsam seine wahrscheinlich mit Wasser gefüllte Maske fest, in der wohl ein paar Krebse schwimmen. Als sie näher kommt, wird das Paar deutlicher. Sie halten sich umschlungen, Jeanne liegt auf dem Rücken; die Beine hat sie ausgestreckt, den einen Arm angewinkelt, und mit dem anderen streichelt sie François, dessen Kopf an ihrer Hüfte ruht. Elsa muß daran denken, daß er heute abend abreisen wird. Charlotte und Bernard sind nicht zu sehen. Sie wechselt die Richtung, schwimmt auf Puck zu und ruft seinen Namen. Er bleibt stehen, winkt mit einem Arm und hebt die Maske in die Höhe. Gleichzeitig sieht sie Thomas näher kommen. Er fährt mit seinem Motorrad den steilen Hang hinunter, verschwindet für einen Moment und taucht dann als schwarze Silhouette vor dem sonnenhellen Himmel neben dem ragenden

Felsen auf. Er blickt auf das Meer, sieht Jeanne und François. Was wird er tun? fragt sich Elsa. Er nickt ihr zu, wendet und fährt die andere Seite des Hügels weiter östlich hinab.

Wenige Meter von Puck entfernt kommt Elsa aus dem Wasser. Er nimmt sorgsam seine Krebse einen nach dem anderen zwischen Daumen und Zeigefinger, wie Thomas es ihm beigebracht hat, und zeigt sie ihr.

«Willst du nicht baden?»

Er hat keine Lust. Als sie sich hinlegt, setzt er sich neben sie.

«Ich möchte, daß du mir eine Geschichte mit einem Haifisch erzählst», bettelt er.

«Nicht jetzt.»

«Ich möchte es aber . . .»

Elsa läßt ihren Blick bis zum Horizont schweifen. Eine Möwe zeichnet Figuren in den Raum. Sie stößt aufs Meer herab, fliegt dann wieder dem Himmel entgegen, verliert sich im Blau. Puck spielt mit seinen Krebsen und fordert wieder seine Geschichte.

«Nicht gleich», wiederholt sie. «Willst du nicht noch mehr Krebse suchen?»

«Dazu ist jetzt zuviel Sonne da. Sie verstecken sich.»

Sie sagt, es gäbe dunkle, sogar sehr dunkle, vor der Sonne geschützte Winkel.

«Dann will ich Weintrauben essen», sagt er.

Elsa möchte nicht, daß er Jeanne und François stört, sie verfolgt immer noch das Spiel der Möwe.

«Was für eine Geschichte?» fragt sie. «Wollen wir vielleicht eine Möwe nehmen?»

«Wenn du willst, aber mich interessiert am meisten der Haifisch.»

«Hier gibt es keine Haifische.»

«Aber draußen im Meer gibt es welche.»

«Ja, aber weit weg von der Küste, nach Griechenland oder Afrika zu.»

«Du kannst ja einen hierhertun», sagt er.

«Ja, das kann ich. Aber was sonst noch, außer dem Haifisch?»

«Einen Delphin.»

«Schön. Und vielleicht eine Möwe?»

«Ja, eine Möwe auch.»

«Und sie ist verletzt und der Delphin . . .»

«Der Haifisch hat sie gebissen», verlangt das Kind.

«Das glaube ich nicht.»

«Doch, gerade als sie einen Fisch schnappen wollte . . .»

«Ich finde es schöner, wenn sie verletzt ist, der

Delphin sie sieht und sie gegen den Haifisch, der sie fressen will, verteidigt.»

«Nein. Die Möwe ist vom Haifisch gebissen worden. Er hat schreckliche Zähne.»

«Ich glaube nicht, daß ein Haifisch Möwen beißt. Er verschlingt sie einfach.»

«Nicht immer», behauptet Puck.

«Meinst du nicht?»

«Dieses Mal bringt er sie nicht um . . .»

«Wenn du willst», sagt Elsa.

«. . . er verletzt sie nur.»

«Und was ist das für eine Verletzung?»

«Vielleicht . . .»

«Was?»

«Eine Schramme . . .»

«Du meinst von den Zähnen?»

«Ja, laß uns mal sagen, er hat tüchtig zugebissen.»

«Also es wird die Geschichte von einem Haifisch, einer Möwe und einem Delphin.»

«Ach nein . . . ich will . . .»

«Was willst du?»

«Der Haifisch soll der Vater vom Delphin sein.»

«Das geht nicht.»

«Warum?»

«Weil ein Haifisch kein Delphinkind haben

kann. Das geht nicht, ein Haifisch kann kein Delphinweibchen heiraten und ein Hund keine Katze und ein Mensch keine Löwin.»

«Es hat aber doch einen Mann gegeben, der ein Haifischweibchen geliebt hat.»

«Wer hat dir das erzählt?»

«Jeanne.»

«Die haben aber keine Kinder gehabt. Bestimmt nicht.»

«Dann ist der Haifisch eben kein Freund vom Delphin.»

«Na gut. Und die Möwe?» fragt Elsa.

«Die Möwe – die ist vom Haifisch gebissen worden.»

«Das werden wir sehen. Die Geschichte fängt jetzt an.»

«Du mußt sie erzählen», sagt Puck.

Elsa spricht und ist gleichzeitig mit ihren Gedanken bei Jeanne und François auf dem großen, flachen Felsen. Auf dem gleichen Felsen war – wie lang ist das schon her – ihre Hoffnung auf ein Kind Gewißheit geworden. Die Sonnenwärme damals und der Salzgeschmack! Es war nicht September, wie heute, sondern Juni, und die Felsen waren noch völlig menschenleer. Wie gewöhnlich hatten sie ein Buch mitgebracht und sich abwechselnd laut daraus vorgelesen. Und während er las, war ihr der Gedanke gekommen, und wahrscheinlich hatte sie ihre Hand auf den Leib gelegt, jedenfalls glaubt sie das heute, vielleicht, weil sie diese Bewegung bei Jeanne so oft gesehen hat. Ihr Leib wird brennend heiß gewesen sein, wie jetzt, heiß vom Leben und von der Sonne gleichermaßen. Es war ein stiller, friedlicher Tag, an dem das Meer kaum zu hören war. Und wenn Glück in der Hoffnung besteht, daß sich das, was man sich wünscht, verwirklichen möge, dann war jener Morgen einer der glücklichsten ihres Lebens gewesen: Antoine war geboren . . .

Elsa öffnet die Augen und sieht, wie die Wellen zu ihren Füßen sich brechen. Äußerlich hat sich seither nichts geändert, sie kann es sich jedenfalls einbilden: der Hügel verbirgt die Häuser und die Feriengäste des September suchen die Einsamkeit und kehren jeden Tag zum gleichen versteckten Platz zurück wie die Bienen zu ihrer Wabe. Elsa wendet den Kopf, und wieder sind Jahre aufgehoben:

Sie folgte dem Auge, das beim Lesen hin und her glitt und atmete den würzigen Geruch der Haut nahe bei der Achselhöhle. An jenem Morgen hatten sie «King Lear» gelesen. Wenn Elsa die Augen sehr hoch hob, konnte sie den wie ein Schild gegen den Himmel aufgerichteten Granitfelsen sehen, der nicht sehr fest zu stehen schien und entweder ins Meer oder auf die anderen Felsen zu stürzen drohte. Er hat sich seither nicht um einen Fingerbreit verschoben, und jedesmal, wenn Elsa ihn sieht, zieht sich ihr Herz zusammen. Hier an diesem paradiesischen Fleckchen Erde gemahnt dieser hohe Felsen sie daran, daß das Unglück, das große Schwert, immer und überall, zu jedem Zeitpunkt, zuschlagen kann.

Puck wartet auf den Anfang der Geschichte. Elsa wird sich bewußt, daß er mit ihr spricht; sie ist weit fort gewesen, in einer Welt, die es für ihn nie geben wird. Er ist dabei, seine eigenen Erinnerungen zu sammeln, und vielleicht wird das Bild der schwangeren Jeanne dazu gehören, wie sie auf dem felsigen Pfad ihren Traum vom Haifisch erzählt.

«Fang mit dem Haifisch an, bitte!»

«Das werden wir sehen», antwortet Elsa und sucht schnell etwas zu erfinden.

«Angefangen hat es bei der Bastide Blanche, die kennst du doch?»

«Da bin ich schon oft mit meinem Vater gewesen», sagt er.

«Bei der Bastide Blanche gibt es einen richtigen Sandstrand und keine Felsen wie hier.»

«Doch, es gibt da auch Felsen.»

«Ja, aber nur zu beiden Seiten des Strandes.»

«Wie in Jeannes Traum», sagt Puck, «aber in ihrem Traum gab es auch Palmen. Da gab es bestimmt auch Palmen.»

«Frühmorgens sind nicht viele Menschen da, aber später kommen die Boote, schöne, große Boote, die nicht anlegen, sondern draußen vor Anker gehen. Und manchmal kommen mit den schönen, großen Booten auch Fische in die Bucht.»

«Du meinst große Fische?»

«Ja, sehr große, und eines Tages ist auf diese Weise ein Delphin zur Bastide Blanche gekommen. Du weißt doch, daß Delphine die Gesellschaft von Menschen mögen. Man sagt, daß man sie jetzt dafür dressiert, Minen zu tragen.»

«Wozu braucht man Minen?»

«Um feindliche Schiffe in die Luft zu sprengen.»

«Und dann stirbt der Delphin?»

«Ja, und viele Menschen sterben auch.»

«Ertrinken sie?»

«Ja. Oder sie werden von der Explosion getötet. An jenem Tag war der Delphin einem Segelboot nachgeschwommen. Er tauchte, schnellte sich aus dem Wasser, schwamm davon, kam wieder näher und war so vergnügt, daß er gar nicht bemerkte, wie flach das Wasser wurde. Und plötzlich sah er, daß er von Booten und Schwimmern umgeben war . . .»

«War das eine Delphinmutter?»

«Wenn du willst. Also die Delphinmutter merkte, daß sie in die Nähe eines Badestrandes geraten war und machte schnell kehrt. Sie schwamm, ohne anzuhalten, so lange, bis sie wieder ins tiefe Wasser kam. Es war Mittag. Sie schwamm immer weiter, und plötzlich sah sie über sich einen Vogelfuß, der im Wasser ruderte. Sie tauchte auf und fand eine verletzte Möwe. Einer ihrer Flügel war gebrochen und ein Fuß fast abgerissen. Sie konnte nicht mehr fliegen.»

«Das hatte der Haifisch gemacht!»

«Vielleicht der Haifisch, vielleicht auch ein Jäger, oder sie hatte mit einem anderen Vogel gekämpft. Das können wir nicht wissen, das werden wir nie wissen. Der Delphin kreiste um die Möwe und versuchte, sie auf seinen Rücken zu nehmen, aber sie glitt immer wieder herunter, sie war unbeholfen . . .»

«Weil sie verletzt war . . .»

«Ja, alles tat ihr weh, sie hatte große Schmerzen.

Er sagte zu ihr: ‹Ich werde dich mit meinem Kopf schieben, das ist das beste. Wo wohnst du?› – ‹Weit weg›, sagte die Möwe, ‹bei der Île du Levant.›»

Der Name der Insel ist wie zufällig in Elsas Erzählung geraten, er ist aus ihrem Gedächtnis aufgetaucht, ohne daß sie nachgedacht hat. Als Kind war sie oft auf den Îles d'Or, auf allen dreien, den Inseln Bagot, Port-Cros und Levant. Die Île du Levant war damals am unberührtesten. Gern war Elsa bis zum Leuchtturm an der äußersten Spitze der Insel gelaufen, denn dieser Leuchtturm war ihr besonderer Freund; jeden Abend wartete sie im Haus ihrer Eltern, den Inseln gegenüber, auf sein erstes kreisendes Licht draußen auf dem Meer, das die Sonne gerade verlassen hatte; das Wasser wurde unversehens dunkler, während der Himmel noch hell und ohne Sterne blieb. Am Horizont lagen die drei Inseln, der Leuchtturm begann seine Wache, und Elsa war beruhigt: alles ging seinen Lauf, wie gestern und wie morgen auch. Aber jeden Tag schickte der Leuchtturm seinen Strahl ein wenig früher aus, und der Schulanfang und die Heimkehr in das graue, flache Land rückten wieder ein Stück näher. Je dunkler die Nacht wurde, um so heller wurde der leuchtende Strahl. Er drang bis zu ihrem Bett, regelmäßig wie ein atmendes Licht. Er war mit seinem vertrauten Augenzwinkern immer gegenwärtig, und seit sie ihn auf der Insel aufgesucht hatte, war es, wenn er über ihr Bett strich, jedesmal, als wenn der Blick eines Freundes über ihr wachte . . .

«Und dann?» fragte Puck.

«Dann sagte der Delphin: ‹Wollen wir nicht näher an der Küste entlangschwimmen?› Aber die Möwe wollte das nicht. ‹Ich hab dort drüben mein Nest. Dahin möchte ich zurückkehren.› Daraufhin sagte der sehr nette Delphin: ‹Hör zu, ich will versuchen, dich dahin zu bringen. Vielleicht finden wir unterwegs ein Schiff, das dich mitnehmen kann. Wenn du einverstanden bist, werde ich ab und zu einmal wegschwimmen, um zu essen und um mich auszuruhen, denn sonst würde ich so müde, daß ich ertrinken müßte.› Und so sind beide zusammen losgeschwommen, und der Delphin hat die Möwe vor sich hergeschoben und sorgfältig darauf achtgegeben, daß er nicht an den Fuß und nicht an den Flügel stieß.»

«Kannte er denn wirklich den Weg?»

«Er kannte die Gegend sehr gut. Bis zur Île du Levant sind es ungefähr zwanzig Kilometer.»

«Ist neun Kilometer weit?»

«Neun Kilometer ist viel, aber zwanzig Kilometer sind mehr als zweimal soviel. Also, sie kamen ruhig und gleichmäßig voran. Ganz in der Ferne konnten sie die Insel sehen, aber Einzelheiten waren noch nicht zu erkennen. Die Möwe dachte, daß der Delphin wirklich besonders nett und sehr stark sei. Es war ihm schließlich gelungen, sie doch auf seinen Rücken zu nehmen. Er schwamm dicht an der Wasseroberfläche, und sie ließ sich den Wind um den Schnabel wehen. So kamen sie schnell und ungestört voran . . .»

Elsa merkt, daß Puck mit seinen Gedanken nicht mehr bei der Sache ist. Sie schweigt, der Junge bemerkt es nicht. Er blickt auf das Meer hinaus.

«Kann man von hier aus die Île du Levant nicht sehen? Und Griechenland, ist das weit?»

«Sehr weit.»

«Mehr als tausend Kilometer?»

«Ja, noch mehr.»

«Mein Vater ist auf einer Insel, die heißt Kalymnos. Da gibt es Schwammfischer.»

«Weißt du, daß dein Vater mein Sohn ist?»

«Natürlich weiß ich das. Gibt es da denn Haifische?»

«Vielleicht. Aber die sind wohl nicht gefährlich, sonst würden die Fischer dort nicht tauchen.»

Ein Riva flitzt mit einem Wasserskiläufer vorüber. Man hört das Motorengeräusch nicht. Die weiße Kiellinie sieht aus wie ein vom Läufer gespannter Bogen.

«Siehst du, die fahren zur Île du Levant. Wir können sie nicht sehen, weil das Kap Taillat davor liegt.»

Sie schweigen eine Weile und strecken sich in der Sonne aus, und weil der Felsen hart ist, legt Puck seinen Kopf in Elsas Schoß, läßt das Boot aber nicht aus den Augen.

«Da, jetzt ist er um das Kap herumgefahren», verkündet er und dreht sich zu Elsa um:

«Erzähl weiter», sagt er, «aber jetzt muß der Haifisch kommen.»

«Er kommt auch. Der Delphin wurde vom vielen Schwimmen schließlich müde. Er hatte auch Hunger und sagte: ‹Hör zu, ich will jetzt einmal tauchen, ich muß ein paar Fische essen. Warte hier auf mich, ich bin bald wieder da. Aber rühr dich nicht vom Fleck.› Der Delphin tauchte unter, fand einige Fische, verspeiste sie und kam nach einer Viertelstunde zurück, wie er es versprochen hatte. Als er aber in die Nähe der Möwe kam, wer kreiste da um sie herum?»

«Der Haifisch!»

«Ja, der Haifisch. Kein großer Hai, ein kleiner, einer von denen, die Blauhaie heißen, weil ihre Haut ganz dunkelblau ist, schieferblau. Sofort tauchte der Delphin auf. Der Vogel machte verzweifelte Versuche, wegzufliegen, er spürte, daß der Haifisch ihn umkreiste und wollte fliehen. Der Delphin zögerte keinen Augenblick. Er war klug und mutig. Blitzschnell schoß er auf den Hai zu, stieß ihn in die Seite, schlug mit dem Schwanz auf ihn ein, rammte ihn mit dem Kopf und beschimpfte ihn. ‹Schämst du dich nicht›, sagte er zu ihm, ‹du bist das gefürchtetste und stärkste Tier des Meeres und du willst dich an einer Möwe vergreifen?!› Der Hai antwortete, daß er alles fresse, was er fände, eine Möwe, ein Bein, eine Dose oder einen Fisch, einfach alles. Aber der Delphin setzte ihm weiter zu, schlug furchtbar auf ihn ein und machte den Haifisch schließlich so müde, daß der den Kampf aufgab und ärgerlich davonschwamm.»

«Das war aber kein Haifischvater. Du hattest mir einen Haifischvater versprochen.»

«Vielleicht doch, aber er war müde und hatte wohl auch keinen großen Hunger . . .»

«Ja, entweder war er beleidigt oder er war krank . . .»

«Das mag sein. Jedenfalls war die Möwe gerettet. Sie setzte sich wieder auf den Rücken des Delphins, und die Reise ging weiter. Das Meer war glücklicherweise spiegelglatt, keine Dünung, kein Windhauch. Und doch dachte der Delphin manchmal, er würde nicht die Kraft haben, bis zur Île du Levant zu kommen. Die Möwe sagte ihm wohl von Zeit zu Zeit: ‹Ruh dich doch aus, und such dir etwas zum Essen›, aber er wagte nicht mehr, sie allein zu lassen. Er hielt nur hin und wieder an und ließ die Flossen hängen. Schließlich kam die Insel näher, und bald konnte die Möwe den Hafen, den Leuchtturm, die Bäume und die Felsen erkennen. Ihr Nest lag in der Nähe des Leuchtturms. Auf dem Weg dahin trafen sie verschiedene andere Delphine und einige Thunfische, die sich in die Luft schnellten und in der Sonne glitzerten.

So schwammen sie noch bis zur Abenddämmerung, und als sie nahe an der Küste waren, hielt der Delphin zum letztenmal an und fragte: ‹Wo wohnst du nun genau?› – ‹Auf den Felsen rechts vom Leuchtturm›, gab die Möwe zur Antwort. Im gleichen Augenblick sahen sie einen ganzen Schwarm von Möwen herankommen. Da rief die Kranke, so laut sie konnte, und die Möwen hörten sie schreien, kamen herbei und kreisten über dem Delphin und seiner Reisegenossin.»

«Nein, nicht Reisegenossin, Möwe», verbessert Puck.

«Ja, natürlich. Sie zeigten dem Delphin den Weg. Er schwamm bis dicht an den Uferfelsen heran, damit die Verletzte sich ohne zu große Mühe niedersetzen konnte, und sofort war sie von den Vögeln der Kolonie umringt. Er sagte der Möwe auf Wiedersehen, und sie dankte ihm und sagte: ‹Ich hoffe, du kommst einmal wieder zu Besuch.› Er versprach's, tauchte unter und schlief in dieser Nacht ganz besonders lange.»

«Er hat ja überhaupt nichts gegessen!»

«Ich glaube, er hat erst einmal geschlafen.»

«Hat er den Haifisch nicht wieder getroffen?»

«Nein. Nicht in dieser Nacht.»

Sie schweigt und streichelt Pucks Kopf.

«Jetzt möchte ich Weintrauben haben», sagt er.

«Ja, jetzt gehen wir zurück.»

Sie blickt nach Osten und entdeckt zwei winzige Punkte, die auf die Küste zuschwimmen. Die beiden Köpfe sind unter Wasser, man sieht nur die zwei kleinen Spitzen der Schnorchel nebeneinander herankommen.

«Das sind Charlotte und Bernard», sagt sie.

«Wieso weißt du das?»

«Das sehe ich an der Art, wie sie schwimmen, ich kann's dir nicht erklären.»

Charlotte hat sich inzwischen aufgerichtet, winkt und ruft «Wir kommen!» Sie klettern ungefähr bei Jeanne und François aus dem Wasser. Elsa steht auf und sagt zu Puck:

«Komm, jetzt gehen wir Weintrauben essen.»

Schließlich sitzen alle sechs zusammen. Das Kind fragt nach Thomas. Elsa sagt, sie habe ihn dort hinfahren sehen und zeigt dabei auf die Felsen in der Nähe des Strandes:

«Geh, hol ihn, oder bring ihm ein paar Weintrauben.»

Der Junge nimmt eine Traube und verschwindet.

Bernard liegt in der Sonne und Charlotte betrachtet seinen kräftigen, braungebrannten Körper und sein wie schlafend daliegendes Glied und denkt dabei an das, was sie in diesem Winter in einem Buch für sexuelle Aufklärung gelesen hat. Sie versucht zu verstehen. Oft besieht sie mit Hilfe eines kleinen Spiegels ihr eigenes Geschlecht, wo seit kurzem ein leichter Flaum und einige wenige Haare sichtbar sind. Tag für Tag wartet sie auf ihre erste Regel. Danach wird alles anders sein.

Ihre Brüste beginnen sich zu entwickeln; wenn sie läuft, spürt sie ihr Vorhandensein, die Spitzen zeichnen sich unter ihrem T-Shirt ab, und bei einer kalten Berührung richten sie sich auf und werden hart. Sie mag sie gern berühren oder hineinkneifen und zusehen, wie sie auf Streicheln reagieren.

Charlotte streckt sich neben Bernard aus und versucht weiter, sich an alle die gelernten und erklärten Begriffe zu erinnern, die für sie trotzdem geheimnisvoll und fast magisch geblieben sind. Immer wieder blickt sie zu Jeanne und François hinüber. Jeannes Leib fasziniert sie. Man hat ihr oft gesagt, daß eine Geburt ein natürlicher Vorgang sei, aber sie versucht, sich das grauenvolle Auseinandergerissenwerden vorzustellen, über das nie jemand spricht. Wird sie je geliebt werden? Haben ihre Eltern sich so geliebt wie Jeanne und François? Und werden diese beiden sich weiterhin so lieben? Man kann auch ohne Liebe miteinander schlafen und ein Kind zeugen, das weiß sie, und sie blickt sich um: die Schwimmer, die Leute am Strand, die Spaziergänger, die Bewohner der hinter den Felsen liegenden Häuser, ihre Lehrer, die Menschen, die sie bewundert und die anderen, die sie nicht ausstehen kann, alle sind sie gezeugt worden von zwei Menschen, die sich geliebt, vielleicht aber auch nur so miteinander geschlafen haben. Diese Möglichkeit beschäftigt sie oft und entsetzt sie.

Da kommen Thomas und Puck. Thomas spricht nie mit ihr, es ist, als sei sie Luft für ihn. Bei Tisch fällt er ihr ins Wort und er schiebt sie einfach beiseite, wenn sie ihm im Weg ist. Und Puck betet ihn an, das ist ärgerlich.

Sie schläft mit dem Kleinen zusammen im gleichen Zimmer. Morgens führt er immer splitternackt eine Art Indianertanz auf seinem Bett auf. Er jauchzt und ruft sie, und manchmal weckt er sie sogar, weil sie sein steifes Glied bewundern soll. Das macht sie wütend, aber Puck ist eben noch ein Kind. Und doch verwirrt es sie ein wenig, wenn sie ihn nach der Dusche abtrocknet und dabei öfter als nötig über das ihr Ungewohnte streift . . .

Thomas setzt sich an den Rand des Felsens und läßt die Beine ins Wasser hängen. Das Meer ist unruhig geworden. So weit das Auge reicht, bilden sich weiße Schaumflocken, die im dunklen Blau versinken, und die Wellen laufen in endlosen Spiralen ans Ufer und zurück ins Meer.

Jeanne holt sich Weintrauben und setzt sich wieder, mit dem Rücken zur Sonne, ihrem Mann gegenüber. Sie zupft eine nach der anderen die Beeren ab und steckt sie François in den Mund; ohne die Augen zu öffnen, legt er seine Hand auf ihr Knie.

Auch Charlotte sucht sich eine Traube aus und ruft ihrem Vater zu: «Willst du auch welche?» Er streckt zustimmend die Hand aus. Puck hat sich neben den Korb gesetzt und futtert, was es nur gibt. Nach dem Obst will er Brot und Käse, dann verlangt er etwas zum Trinken, danach langweilt er sich und geht zu Thomas, der im Wind laut vor sich hin singt.

Charlotte hätte es gern, wenn ihr Vater ihre Hand in die seine nähme, sie würde gern ihren Kopf auf seine Brust legen. Er könnte sie vielleicht verstehen und ihr erklären . . . sie weiß nicht recht was, aber es ist etwas Wichtiges, ihr Unbekanntes, und es fehlt ihr. Mit ihm zusammen leben, mit ihm allein! Sie würde ihn versorgen, auf ihn warten, sich um alles im Haus kümmern; sie würde mit ihm verreisen; sie würde die Koffer ein- und auspacken und auf das Telephon achten, sie ließe ihn auch seine Freundinnen besuchen, aber sie würde mit ihm zusammen leben. Heute ist sie vollkommen glücklich gewesen. Sie haben in einer kleinen Bucht gebadet, miteinander geschwommen, getaucht und gespielt, und als sie müde wurden, sind sie auf einen kaum aus dem Wasser ragenden Felsen geklettert, eine winzige Insel, auf der sie zu zweit kaum Platz hatten. Von dort konnten sie die vielen Menschen am Strand beobachten und das Geschrei der Badenden hören; Boote waren aus dem kleinen Hafen gefahren, hatten Segel gesetzt, und waren an ihnen vorübergeglitten und in der Ferne verschwunden. «Ein Segelboot müßte man haben, das wäre schön», hatte Bernard gesagt, und sie hatte wie ein Echo fast zu laut geantwortet: «Oh, das wäre toll. Wo würden wir hinsegeln?» – «Nach Italien. Auf gut Glück. Vielleicht sogar bis nach Griechenland. Man müßte den ganzen Sommer vor sich haben und mit Freunden zusammen fahren. Du würdest auch einen Freund mitnehmen, damit du dich nicht mit uns langweilst.» Sie hatte nichts gesagt. So war es immer mit ihm, und jedesmal fiel sie darauf herein, und er merkte nichts. ‹Er ist sehr nett›, hatte sie gedacht, ‹aber er begreift nichts.›

Und nun liegt sie in der Sonne und sieht zu, wie er schläft: Er wird wieder abreisen, und in Paris wird er sie von Zeit zu Zeit anrufen, vielleicht mit ihr ins Kino oder in ein Restaurant gehen. Mehr nicht. Oh, was würde sie dafür geben, wenn er jetzt, in diesem Augenblick, die Augen öffnen, ihr zulächeln und sagen würde: ‹Komm, wir fahren. Komm!›

Elsa beobachtet Charlotte und lauscht auf das Meer. Sie erinnert sich an die Zeit, als sie in Charlottes Alter war. Sie steht im Zimmer ihrer Großmutter und nimmt vom Kamin zwei glatte, braunweiße Muscheln mit glänzendem Rücken und einer hellrosa Unterseite, die von feinen, auf den geschwungenen Spalt zulaufenden Äderchen durchzogen wird. Sie hält die Muscheln an die Ohren. Sie sind zunächst kalt wie Marmor, bis sie sich erwärmen und eins werden mit der Haut. Sie lauscht, und die leblosen Muscheln werden zur Unendlichkeit von Meer und Wind. Gewöhnlich lagen die Muscheln zu Füßen von zwei kleinen Bronzestatuetten im Stil der Jahrhundertwende: zwei kleine Mädchen mit einem Reifen in der Hand, die große Hüte trugen, unter denen ihre Locken hervorquollen, und Kleider mit Puffärmeln und lange, mit Volants besetzte Röcke. Kleine Musterkinder, die sie albern fand.

Während sie dem Meer lauscht, versuchte sie, sich das einzige Meer, das sie damals kannte, vorzustellen, das graue oder braune Meer der Sommerferien mit seinen schaumgekrönten Wellen, die sich bei jeder Flut an den schieferfarbenen Buhnen brachen, auf deren Steinen man, wenn sich das Meer zurückzog, ausrutschte, weil sie mit feuchten Algen und blauen Miesmuscheln bewachsen waren. Die Luft war voll von den Gerüchen des Meeres, die sie später, als Halbwüchsige, auf der Haut anderer wiederfinden sollte. Manchmal schillerte dieses graubraune Meer in der Sonne grau wie helles Zinn, in einem undefinierbaren Farbton, den sie «die Farbe von Mutters Augen» nannte. Sie folgte den Wellen, wenn sie sich zurückzogen, hinaus auf die Buhnen, oder sie lief vor ihnen davon, wenn die Flut kam und machte sich dabei Angst: «Und wenn ich jetzt hinfalle, wenn eine Welle, die höher und mächtiger ist als die anderen, mich umwirft und mich vom Land wegzieht?» Das gleiche Spiel spielte sie am endlosen Strand. Auf der einen Seite lag das Meer, auf der anderen die Dünen, dazwischen gab es nur Sand. Sie stand unbeweglich mit den Füßen im Wasser. Langsam stieg das Wasser an den Beinen hoch, ganz langsam, sie spürte es an den Waden, dann an den Knien, weiter oben. Sie wandte sich um, warf einen Blick auf die Dünen und die ruhigen Wellen, die an ihr vorbeizogen und immer weiter hinter ihr ausliefen. Sie konnte noch nicht schwimmen und wartete, bis die Angst kam, dann erst lief sie auf den trockenen Strand zurück. Ein andermal machte sie es umgekehrt. Sie ging so weit hinaus, bis ihre Beine ganz vom Wasser bedeckt waren und wartete dann. Das Meer zog sich zurück, ließ ihre feuchten Knie frei, sank bis zu den Knöcheln. Die Strömung sog den Sand um ihre Füße mit sich fort, bis sie das Gefühl hatte einzusinken. Der feuchte Strand sah aus, als sei er lebendig, man hörte atmende, saugende Geräusche, winzige Springbrunnen spritzten auf, schmale Streifen Sand hoben sich, ein Tier vergrub sich, ein anderes floh, weiße Quallen blieben zurück. Alles strömte, alles pulsierte im großen Auf und Ab von Ebbe und Flut. Später hatte sie die gleiche stetige Bewegung, den gleichen Wechsel in der Liebe wiedergefunden. Das Meer war, ist und bleibt das schlagende Herz, das Herz der Erde, dessen Pochen Elsa auch in ihrem Blut spürt . . .

Sie hebt die Augen. Alle sind still. Es ist die heißeste Stunde des Tages, sie kann sich nicht erinnern, jemals im September eine solche Hitze erlebt zu haben. Jeanne und François rühren sich nicht, die Hand des einen ruht auf dem Leib des anderen. Charlotte, die keine Lust mehr hatte, ihrem Vater beim Schlafen zuzusehen, ist den Pfad hinaufgeklettert. Sie steht neben dem hohen Felsen und blickt auf die Bucht hinunter. Dann wendet sie den Kopf. Sieht sie, daß Elsa sie beobachtet? Sie kommt, von einem Felsbrocken auf den andern springend, wieder zurück, ihr ganzer Körper ist braungebrannt bis auf einen schmalen Streifen dort, wo der Slip aufhört, den sie am Strand nie ablegt. Ohne Elsa anzusehen, geht sie zu Thomas und Puck hinüber, die essen und auf die Wellen starren. Sie muß sich langweilen, denkt Elsa und sinnt darüber nach, wie seltsam es doch ist mit den Erinnerungen. Sie überraschen einen immer wieder, selbst wenn man zu wissen glaubt, was sie hervorruft und was sie zurückhält. Als sie Kind war, zauberten die beiden Muscheln für sie das Meer herbei, jetzt ist es das Meer, das die Erinnerung an die Muscheln herbeiruft und Elsa bis zum Haus ihrer Kindheit führt:

Morgens pflegte sie in das Zimmer ihrer Großmutter zu gehen, die noch in ihrem Messingbett lag, den Kopf auf mehrere Kissen gebettet; «das ist gut für mein Herz», sagte sie immer. Das weißrosa Gebiß glänzte in dem Wasserglas, das nach Pfefferminz roch, die graue Lockenperücke hing auf einem kleinen Ständer, und daneben lag eine Nickelbrille, wie sie heute wieder modern geworden sind. Am Fuß der Lampe sah man unordentlich durcheinandergeworfene Zeitungen. Das erste Geräusch, das Elsa beim Hereinkommen hörte, war der Lärm der Straßenbahn, ein schrilles Quietschen beim Bergabfahren, ein regelmäßiges Summen bergauf und dazu das stürmische Läuten der Glocke, die der Fahrer mit dem Fuß betätigte. Vom Fenster aus sah man auf Anlagen, in denen die gleichen Bäume standen wie im Garten, denn die Straße führte mitten durch ein Waldstück. Durch Blätter und Zweige hindurch konnte Elsa das verwilderte Tal ahnen, in dem sie nach der Schule herumtoben durfte. Sogar im Sommer blieb es dort dunkel, weil die Rotbuchen keine Sonnenstrahlen durchließen. Im Herbst dagegen streifte sie die Hänge hinauf und hinunter durch das raschelnde, goldgelbe Laub.

Wenn ihre Großmutter aufstand – im Winter war es dann noch dunkel –, setzte sie als erstes das Gebiß ein und ging mit der Perücke vor den Spiegel. Dann kam der Augenblick, wo über ihnen jemand mit klappernden Pantöffelchen umherging. «Deine Mutter ist wach», sagte die Großmutter. Beide horchten auf das von Pausen unterbrochene Hin und Her und auf das Gurgeln des Badewassers. Sie kannten die Verrichtungen, die oben vorgenommen wurden; den Aufenthalt vor dem Kleiderschrank, bis ein Kleid ausgewählt und übergestreift war, und auch die Pause vor dem Spiegel, um die nach vorn über den Kopf geworfenen Haare zu bürsten und zu kämmen und sie mit langen Nadeln, die im Lauf des Tages überall herausfallen würden, aufzustecken. Schließlich wurde der Klavierhocker scharrend zurückgeschoben und wieder vorgezogen, einige Tonleitern und Akkorde wurden eilig absolviert und dann folgte das Musikstück, dem man entnehmen konnte, wie die Stimmung des Tages war. Elsa erinnerte sich an «jardins sous la pluie», an eine Polonaise von Chopin, die ihr Angst einflößte, während «Das Regentropfenprélude» Zärtlichkeit ahnen ließ, und an eine Sonate von Mozart, die ihr süßlich und verspielt vorkam.

Als sie vor einigen Monaten die ihr fremd gewordene Stadt besucht hat, ist sie auch zu dem großen barocken Haus gegangen, in dem sie ihre Kindheit verbracht hat, und ist auf der gegenüberliegenden Parkseite stehengeblieben. Die Straßenbahnen fuhren immer noch, machten aber weniger Lärm. Im Hintergrund des Gartens hat sie die erheblich größer gewordenen Bäume wiedererkannt und auch die zerzauste Trauerweide am

Straßenrand, die sie nie gemocht hat. Eine alte Frau hat sich neben sie gestellt und sie nach einer Weile gefragt, ob sie das Haus kenne. Sie hat es verneint und gesagt, sie betrachte nur den in Stein gehauenen Hundekopf. «Das ist kein Hund, das ist ein Wolf», hat die alte Frau gesagt. Elsa hat erstaunt getan. «Ich wohne etwas weiter unten», hat die Alte hinzugefügt, «und jetzt habe ich Angst, denn vor einigen Wochen ist in dieser Villa ein Mord geschehen.» Elsa hat nichts gesagt, ihre Erinnerung war schon mit ihr durchgegangen, öffnete Türen, stieg dunkle Treppen hinauf, trat in Abseiten, hob Wandteppiche hoch, blickte in jeden Winkel, trat auf den breiten, von der Straße unsichtbaren Balkon, der auf die großen Bäume hinausging, unter denen seinerzeit die Hunde hausten, die sich im Laufe der Jahre abgelöst hatten. Und sie hat sich gesagt: Dort, an einer Stelle, die ich bestimmt kenne, wo ich oft und oft vorübergekommen bin, an einer Stelle, vor der ich selbst Angst gehabt habe, wenn meine Eltern auf Reisen waren, wenn ich mit meiner Großmutter allein war, und wir schon vor Anbruch der Nacht die Fensterläden schlossen und gemeinsam von oben bis unten durch das Haus gingen und die Lichter anknipsten und wieder ausknipsten, wenn wir überall nachgesehen hatten, bis in den Keller hinunter, von dem die Großmutter behauptete, er sei gefährlich wegen der Tür, die in die große, leere, unheimliche Garage führte, mit den Ölflecken auf dem Fußboden und einem durchdringenden Geruch nach Benzin und Gummi – ja, dort irgendwo war eine Frau verfolgt oder überrascht und getötet worden. Elsa hatte in diesem Haus immer Angst gehabt, und nun kam diese Angst wieder zum Vorschein, obwohl inzwischen so vieles geschehen, ein ganzes Leben vergangen war, und sie ihre Jugend vergessen glaubte . . .

François ist aufgestanden und streckt Jeanne die Arme entgegen. Sie lacht: «Ich bin schwer geworden.» Sie gehen ins Wasser und lassen sich treiben. Charlotte taucht. Thomas sagt zu Puck:

«Komm, wir gehen auch schwimmen.»

«Ich hab keine Lust.»

«Na schön, dann nicht.»

Er wirft sich ins Meer und schwimmt mit kräftigen Stößen hinaus. Bernard schläft weiter, und da Puck nicht weiß, was er tun soll, kommt er zu Elsa und fragt, ob sie bald heimgehen.

«Wenn du willst, gehen wir, sobald die anderen wieder da sind.»

«Aber Thomas bleibt noch lange weg, er schwimmt immer ganz weit raus.»

«Auf Thomas warten wir nicht. Der hat sein Motorrad.»

«Und Bernard schläft.»

«Dann wecken wir ihn.»

«Ich schlaf nicht», sagt Bernard, «ich bin bloß still.»

«Wir müssen auch bald nach Hause», sagt Puck, «François muß noch Koffer packen.»

Elsa denkt daran, daß François morgen, wenn sie wieder hierherkommen, nicht mehr da sein wird.

Als Jeanne aus Nizza zurückkommt, ist die Sonne schon untergegangen. Die anderen warten auf sie. Ja, François ist gut weggekommen, er ist jetzt wohl schon zu Hause. Sie ist ein solches Gedränge, so viel Touristen nicht mehr gewohnt, sie muß sich etwas ausruhen. Sie entschuldigt sich und geht in ihr Zimmer. Auf dem ungemachten Bett liegen durcheinander Badetücher und Kopfkissen. François hinterläßt nie irgendwelche greifbaren Spuren, höchstens einmal ein Buch oder ein aus der Ferne mitgebrachtes Photo.

Jeanne streckt sich aus, ihr Rücken schmerzt.

Sie legt die Hände auf ihren Leib, Hören und Fühlen ist eins, sie lauscht auf das Kind; es bewegt sich leise wie ein Boot auf windstiller See. Der Duft vom Geißblatt kommt durch das Fenster herein. Es ist die Stunde, wo Elsa und Thomas Musik hören, sie erkennt die Stimme von Kathleen Ferrier. Der Wind hat sich gelegt. Die sanfte bläuliche Dämmerung, der Gesang und der Duft hüllen Jeanne ein, ohne sie zu bedrängen, ganz so wie sie ihr Kind umgibt und schützt.

Plötzlich ein scharfes Bremsen und das Aufheulen eines Hundes. Ein Auto hält, man hört Schritte auf der Straße, kurze Sätze, Hupen und Türenknallen, dann fährt das Auto weiter. Das Ganze hat höchstens zwei oder drei Minuten gedauert.

Puck sagt sofort mit tonloser Stimme und zitternden Lippen: «Das ist Médor, ich hab ihn weglaufen sehen», und bevor ihn jemand festhalten kann, rennt er außer sich durch den Weinberg. Elsa ruft nach dem Hund, steht auf, geht ins Haus, ruft noch einmal, geht nach oben, um nachzusehen, ob der Hund nicht auf ihrem Bett schläft, und als sie ihn nirgends finden kann, hastet sie hinter Puck her. Charlotte und ihr Vater folgen. Jeanne ist aufgestanden und sieht sie von ihrer Tür aus vorübereilen.

«Bleib da», ruft Elsa ihr zu. «Du brauchst nicht mitzukommen!»

Sie laufen umher und rufen den Hund. Charlotte und Bernard überqueren die Landstraße und verschwinden im oberen Teil des Hügels. Elsa folgt dem Jungen dorthin, wo das Auto so hart gebremst hat. Sie versuchen, mit den Augen das Dunkel zu durchdringen, während sie abwechselnd rufen und horchen, aber nichts rührt sich. Die Grillen fangen an zu zirpen und die Autoschlange schiebt sich langsam stadtwärts. Elsa und Puck kehren um.

«Komm, wir gehen wieder hinunter», sagt Elsa.

Sie halten sich nahe am Straßenrand. Der Junge geht wie ein Schlafwandler, mit hochgerecktem Kopf und steifem Nacken. Er sagt kein Wort. Er läßt sich von Elsa ziehen, macht sich dann plötzlich los, entfernt sich von der Straße, zwängt sich fast kriechend ins Gebüsch und ruft ein paarmal «Médor, Médor!» Er glaubt ihn zu sehen, stürzt hin, aber es ist nur ein Baumstumpf. Elsa gibt ihm ein Zeichen, er solle nicht soviel Lärm machen. Er kommt zu ihr zurück und schiebt seine Hand wieder in die ihre:

«Wir müssen horchen, ob er irgendwo atmet oder sich durchs Gras schleppt. Vielleicht war es auch ein anderer Hund, den das Auto verletzt hat, es gibt so viele Hunde hier in der Gegend. Vielleicht ist Médor zum Waschhaus gelaufen, um zu baden, da geht er oft hin, wenn es so heiß ist.»

«Es war aber seine Stimme», beharrt Puck.

Dann schweigt er und Elsa fragt sich, ob er wohl weint. Nachdem sie hundertfünfzig oder zweihundert Meter die Straße entlanggegangen sind, schlagen sie rechter Hand einen Pfad ein, den sie gut kennen, auf Umwegen führt er bergab zu den Weinbergen nahe beim Waschhaus. Der Junge will die Straße nicht verlassen:

«Meinst du, er ist hierhergekommen, wenn er angefahren worden ist?»

«Ja. Er kennt diesen Pfad gut. Und manchmal laufen Hunde einfach davon, wenn sie verletzt sind, auch wenn es nicht schlimm ist, bloß weil sie Angst haben oder erschrocken sind.»

«Aber nicht mit einer kaputten Pfote», sagt Puck.

«Doch, sogar dann», versichert sie.

«Aber nicht mit zwei kaputten Pfoten.»

«Nein, mit zwei verletzten Pfoten wohl nicht», gibt sie zu, «obwohl ich auch einmal einen Hund gesehen habe, der trotz eines gelähmten Hintergestells allein mit seinen Vorderpfoten ganz schnell vorankommen konnte.»

«Was ist ein Hintergestell?» fragt Puck.

Sie erklärt es ihm.

«Also Hinterpfoten und Popo zusammen.»

«So ist es», sagt sie.

«Und der Schwanz.»

«Gewiß, auch der Schwanz.»

«Médors Schwanz ist abgeschnitten. Wie hat man das gemacht? Mit einem Messer oder mit einer Schere?»

Sie sagt, das wisse sie nicht. Das sei gemacht worden, als er erst einige Tage alt war.

«Tut das weh?»

«Es wird nicht angenehm sein. Aber es muß sehr schnell gehen.»

«Warum tut man das?»

Elsa ist froh, daß er so viele Fragen stellt. Das ist gewonnene Zeit.

«Ich glaube, es ist eine Mode», sagt sie, «und es ist auch besser, damit die Hunde im Haus nicht mit dem Schwanz zwischen die Türen geraten.»

«Beim Auto auch . . .»

«Ja.»

«Und auch bei den Flugzeugen? Vielleicht ist er

ja zum Waschhaus gelaufen, um zu baden, aber ich glaub es nicht.»

Inzwischen ist es ganz dunkel geworden. Am Himmel bilden die hellsten Sterne von Schwan, Adler und Lyra ihr großes Dreieck; um sie herum beginnen die anderen Sterne zu glitzern.

Unten im Tal halten sie sich rechts, um zum Waschhaus zu kommen.

«Laß uns nachsehen», sagt sie, «ob Médor sich nicht hier herumtreibt.»

Aber Puck meint, es sei zu spät.

«Médor badet nur, solange es hell ist. Er ist blind, aber er irrt sich nie in der Zeit. Er weiß, wann es dunkel ist.»

Sie gehen langsam zwischen dem Weinberg und den Bäumen dahin, wo die wilden Wicken wachsen. Das Kind läßt Elsas Hand los und läuft voraus.

Wieviel Hunde hat sie von ihrer Jugend bis zu ihrer Ehe sterben sehen, wieviel? Mindestens fünf oder sechs: Welpen, die an der Staupe eingegangen sind, und Hunde, denen man eine Spritze hat geben müssen. Einer hatte sich versteckt, als er die Stimme des Tierarztes hörte. «Ich glaube, der beste Ort, um ihm die Spritze zu geben, ist das Treibhaus», hatte ihr Stiefvater gesagt, und er hatte Elsa gebeten, den Arzt dorthin zu führen, und sie war gehorsam vorausgegangen, um die vom Eßzimmer ausgehende Tür zum Treibhaus zu öffnen und hatte zugesehen, wie der Mann seine Arzttasche niedersetzte, sie öffnete und die Spritze, eine Ampulle, eine kleine Säge und eine Nadel herausholte. Ihr Stiefvater war zu ihnen gekommen: «Er hat sich in der Garderobe versteckt, geh, hol ihn, an dir hängt er am meisten. Ich bringe inzwischen deine Mutter auf ihr Zimmer. Sie hat ein so weiches Herz, das ist alles zuviel für sie.»

Als er fertig war, hatte der Arzt nach dem Hund gefragt. Elsa hatte ihn hinter den langen Mänteln gefunden, aber obwohl er sonst in den letzten Tagen fast nur noch gelegen hatte, stand er jetzt aufrecht, dicht an die Wand gedrängt. Die Augen, mit denen er sie angeblickt hatte, als sie die Mäntel beiseite schob, sieht sie in diesem Augenblick wieder vor sich: Augen, aus denen eine Mischung aus Furcht und Vertrauen und Hilflosigkeit sprach und auch eine flehende Bitte. Sie hatte ihm gut zugeredet, ihn gestreichelt, ihn, mit einem Wort, verraten; er war ihr einen Schritt entgegengekommen, als ob er dankbar dafür sei, daß man sanft zu ihm sprach. Nach und nach war er ihr gefolgt; sie hatte ihn am Halsband hinter sich hergezogen und dabei weiter beruhigend auf ihn eingeredet. Wie hieß er denn nur? Um ihn anzulocken, hatte sie aus dem Kühlschrank ein Stück Fleisch geholt und vom Eßtisch einige mit Zucker bestreute Kekse genommen, die er so gerne fraß; «griechisches Brot» – plötzlich fällt ihr dieser Name wieder ein. Sie war zu ihm zurückgegangen, hatte sie ihm hingehalten, und er hatte sie angenommen. «Komm, komm», hatte sie zu ihm gesagt, «du bekommst noch mehr Kekse.» Dann hatte sie ihn nicht mehr zu ziehen brauchen, sondern ihn Schritt für Schritt vorangelockt, indem sie ihm abwechselnd einen Happen Fleisch oder einen Keks hinhielt; und so war er ihr bis ins Eßzimmer gefolgt. Dort aber hatte er den fremden Geruch gespürt, und sie hatte ihn wieder am Halsband festhalten müssen. Seine Schnauze war dem Treibhaus zugewandt, sein Körper gespannt gewesen. Er hatte geknurrt und nicht mehr fressen wollen. Zum Bellen war er zu schwach. Sie hatte ihn bis zum Tierarzt geschleift, der mit dem Aufziehen der Spritze beschäftigt war und keinen Blick auf den Hund warf. Elsa hatte gefragt, ob er Watte und Alkohol brauche und sich gleich darauf einer so dummen Frage geschämt. «Das ist wirklich nicht nötig», hatte der Doktor geantwortet.

Der Hund wollte sich nicht hinlegen. Obwohl sie sich vor ihm auf den Boden gesetzt hatte, war er stehen geblieben. «Leg dich, leg dich», aber er hatte nicht hören wollen, sich an sie gedrängt, sich nicht gerührt. Schließlich hatte der Arzt beschlossen, ihm die Spritze so zu geben. Als er dem Hund über den Nacken strich, hatte sie gespürt, wie das Tier sich steif machte. «Halt ihn gut fest», hatte der Arzt gesagt. Und so war er dann, während sie ihm den Kopf hielt und beruhigende Worte murmelte, gestorben. Er war fast unmittelbar danach umgefallen, aber dieser kurze Augenblick war ihr endlos vorgekommen. Sie hatte sich an Überlegungen geklammert wie: er hat nicht mehr Angst gehabt als sonst, er hat sich versteckt, weil er den Tierarzt nicht mochte . . . keine Schmerzen gehabt, wahrscheinlich war's wie ein Herzschlag, ganz plötzlich . . . keine Zeit, zu begreifen . . . es mußte sein . . ., eines Tages muß jeder sterben . . . Die Augen des toten Hundes waren offen geblieben, und sie hatte sein noch warmes Fell gestreichelt. Bis dahin hatte sie nur Hunde sterben sehen. Sie war wohl so alt gewesen wie Charlotte . . .

Sie gehen langsam, die Erde ist fast so hart wie Stein. Von Hügel und Bäumen sieht man nur die

Umrisse. Die weinbepflanzte Ebene scheint endlos. Man kann das Wasser beim Waschhaus plätschern hören. Puck ruft den Hund und horcht dann.

«Ruf du noch mal», sagt er.

Elsa ruft sehr laut: «Médor! Médor!»

Ihre Stimme muß bis zum Haus hinaufdringen. Das Zirpen der unzähligen Grillen klingt wie eine Antwort der Erde auf das lautlose Flimmern der Sterne. Sie gehen um das Waschhaus herum und bleiben beim Spülstein stehen. Puck taucht seine Hand ins Wasser, es ist lau und voller Moos.

«Hier ist er nicht», sagt er.

Oberhalb des Hauses, am Hügel oben, hören sie Charlottes helle Stimme: «Médor, Médor!» Fast im gleichen Augenblick geht das Licht auf der Terrasse an und Jeanne taucht aus dem Dunkel auf.

«Habt ihr ihn gefunden?»

Ein vierstimmiges Nein beantwortet ihre Frage.

Jeanne setzt sich auf eine Treppenstufe, ihr Leib ruht schwer auf ihren Schenkeln, er ist hart, das Kind bewegt sich nicht. Auch sie lauscht auf jedes Geräusch. Sie glaubt, Schritte zu hören, steht auf und tritt in die Dunkelheit hinaus, aber es rührt sich nichts. Sie ruft Elsa, um die Stille zu durchbrechen. Elsa antwortet wie ein Echo. Einige Minuten später kündigt ein leuchtendes, sich um die Baumstämme schlingendes und wieder verschwindendes Lichtband Thomas' Ankunft an. Er fährt über Schlaglöcher und Steinbrocken langsam ganz dicht an Jeanne heran, wie er es gern tut. «Das ist schon fast eine Geländefahrt», sagt er, stellt den Motor ab und streckt und reckt seine zu langen Beine. Er sieht sie fragend an:

«Nicht in Form? François weg und dein Frosch rührt sich nicht, und schon bist du unruhig. Oh, diese herrschsüchtigen Mütter! Nichts als Repression im Sinn, das ist doch immer dasselbe.»

Er weiß, wie man sie zum Lachen bringt. Als er nach Elsa fragt, zeigt sie zum Waschhaus hinunter.

«Ich fahr zu ihr hin», sagt er und verschwindet.

Elsa hat sich auf den Rand des Beckens gesetzt. Die Quelle tropft mit der Regelmäßigkeit einer Sanduhr. Sie kommt fast jeden Tag hierher, frühmorgens oder abends bei Anbruch der Dämmerung. In früheren Zeiten ist sie auch nachts hierhergekommen. Damals haben sie sich am Wegrand ins Gras gelegt und Pläne geschmiedet. Von Vergangenem haben sie nie gesprochen. In mondhellen Nächten sind sie durch das milchige Licht geschritten, wenn die herrliche Nachtluft Müdigkeit und Schlaf vertrieb. Manches Mal sind sie erst zum Haus zurückgekehrt, wenn der Himmel im Osten schon bleich wurde, und sind trunken von den Sternen und von der Nacht eingeschlafen.

Wie oft hat Elsa auch Jeanne und François erst gegen Morgen hereinkommen hören und sich gesagt, daß es so immer weitergeht. Im nächsten Jahr wird vielleicht Thomas des Nachts durch das Gehölz streifen, mit einer Freundin, die er noch nicht kennt, die aber schon mit der gleichen Ungeduld auf die Liebe wartet wie er. Und in zehn Jahren wird Puck mit einem Mädchen, das in diesem Jahr Lesen lernt, die Sterne betrachten . . .

Puck zieht mit einem Stock das Moos im Wasser zusammen, nimmt es mit der Hand heraus und wirft es zwischen die Weinstöcke.

«Hat der Mann hier die Schlange erstochen, die das kleine Kaninchen gefressen hat?»

«Ja, da am Wegrand zwischen dem Waschhaus und dem Weinberg. Sie muß ihr Nest irgendwo in der Nähe gehabt haben.»

Er wirft eine Handvoll Moos in die Richtung, in die sie zeigt, dann blickt er zum Himmel hinauf, sieht sich nach allen Seiten um und kommt still und ohne weiter zu fragen zu Elsa, legt seinen Kopf in ihren Schoß und sagt dann:

«Médor ist weg.»

Elsa streicht ihm über das Haar.

Sie blickt auf die Zypresse und die Platane, die sich dunkel gegen den Himmel abheben, auf das beleuchtete Haus, auf die weißen oder gelben Pfeile der Autoscheinwerfer, die zwischen den Bäumen hindurchschießen oder sich an den Stämmen brechen und auf den darüberliegenden samtschwarzen Hügel.

«Warum rufst du ihn nicht mehr?» fragt Puck.

Elsa ruft noch einmal und gibt dabei auf ihre Stimme acht, damit er nicht merkt, daß sie keine Hoffnung mehr hat. Der Ruf bleibt zwischen ihrem Herzen und den Sternen hängen. Kann man sich heute noch vom Tod eines Hundes rühren lassen? Sie hat kein schlechtes Gewissen dabei.

«Da kommt Thomas», sagt Puck.

Er fährt den Weg herunter, die Korkeiche hat ihn bisher vor ihren Blicken verborgen. Puck läuft ihm entgegen. Elsa sieht, wie Thomas sich zu dem Kind hinunterbeugt. Das ist ungewöhnlich.

«Willst du aufsteigen?»

Er hebt ihn auf den Sattel.

«Wir holen Médor», sagt Puck.

«Wenn du willst, darfst du morgen mitfahren.»

«O ja, toll!»

Thomas schiebt das Motorrad bis zum Brunnen.

«Du kannst damit spielen, aber mach es nicht kaputt.»

Er geht auf seine Mutter zu, und sie begreift sofort. Auf dem Weg zum Dorf hat er den Hund gesehen. Am Straßenrand, nahe bei der großen Eiche.

«Was machen wir jetzt?» fragt sie.

«Ich gehe nachher hin und hol ihn, dann legen wir ihn über Nacht in die Garage, und morgen begrab ich ihn.»

Soll man es Puck sagen? Sie beschließen, es zu tun.

«Sag du es ihm, du machst das besser als ich», sagt Elsa.

Er geht zum Jungen hinüber und hockt sich neben ihn, um mit ihm zu sprechen. Der Junge unterbricht ihn beim ersten Wort:

«Ich hab gewußt, daß er tot ist, und Elsa weiß es auch. Ich hab gesehen, daß er weggelaufen ist und ich hab sein Heulen gehört, und ich weiß, wie das Auto aussieht, das ihn überfahren hat; es war rot oder orange, ein großes Auto, es hat angehalten, und die Leute haben Médor da hingelegt, wo du ihn gefunden hast.»

«Er war gleich tot», sagt Thomas.

«Hat er geblutet?»

«Nein, es ist keine Wunde zu sehen.»

«Wir müssen ihn begraben.»

«Ja, morgen.»

«Wo wollen wir ihn begraben?»

«Wo du willst.»

«Beim Eukalyptus.»

«Einverstanden.»

«Ich möchte ihn sehen.»

«Wenn du willst, gehen wir jetzt hin.»

«Wir dürfen ihn nicht an der Straße liegenlassen, sonst wird er überfahren.»

«Ich versprech dir, daß wir ihn holen.»

In diesem Augenblick hören sie das Telephon.

«Das ist François», sagt Elsa.

«Jeanne ist ja da», sagt Thomas.

Und wieder hört man nur das Tropfen des Brunnens und das Zirpen der Grillen. Sie sitzen schweigend auf dem Beckenrand. Dann hören sie Jeannes Stimme:

«Elsa, François ist am Apparat. Er möchte dir auf Wiedersehen sagen.»

Elsa läuft eilig den Hohlweg hinauf.

Thomas fragt Puck, ob er aufs Motorrad steigen will. Der Junge lehnt ab. «Dann hilf mir schieben», sagt Thomas.

Elsa horcht auf François' Stimme, die von weit her zu kommen scheint. Einen Moment lang denkt sie daran, daß Guillaume sie oft so angerufen hat, zu jeder Tages- und Nachtzeit. Sie kann sich seine Stimme nicht mehr vorstellen. Das erste, das in der Erinnerung verblaßt, ist die Stimme.

«Um wieviel Uhr geht dein Flugzeug?» fragt sie und «Wie ist das Wetter in Paris?»

Jeanne steht, an die Wand gelehnt, neben ihr und gibt ihr ein Zeichen; sie will ihn noch einmal sprechen.

«Ich geb dir Jeanne zurück. Mach dir keine Sorgen. Ich umarme dich. Hast du alles, was du brauchst? Ja, alles in Ordnung. Komm bald wieder.»

Er antwortet: «So schnell wie möglich.»

Während Jeanne spricht, geht Elsa hinaus und blickt ins Tal hinunter. Puck und Thomas kommen über den längeren, weniger steilen Weg herauf. Ihr fällt ein, daß sie François nichts von dem Hund erzählt hat. Man sagt sich am Telephon nur das Unwesentliche, und je betroffener man ist, um so weniger sagt man. Sie hört Jeanne fragen:

«Hast du den Schlüssel vom Schreibtisch gefunden? Hast du schon gepackt? War die Wäscherei offen?»

Wie die Nacht leuchtet! Der Skorpion glitzert über dem Horizont, dort wo das Meer hinter den Hügeln liegt, und der Antares flimmert wie ein zu schnell klopfendes Herz. Er ist Pucks Lieblingsstern. An manchen Abenden wartet er, wenn er hungrig und müde ist, Trauben essend auf sein Auftauchen. «Der Skorpion, der nicht sticht», sagt er. Er hat in Büchern Skorpione gesehen, und Elsa hat ihm erzählt, daß in einigen Dörfern in Frankreich und Nordafrika die Jungen sie fangen und in einen Feuerkreis setzen. Der Skorpion sucht dem Feuer zu entkommen, und wenn er merkt, daß es aussichtslos ist, tötet er sich selbst, indem er sich seinen Stachel in den Körper bohrt. An der gegenüberliegenden Seite des Himmels sucht Puck auch gern den Drachen, der sich zwischen den beiden Bären hindurchschlängelt. Er verfolgt ihn Stern um Stern, als ob wirklich ein Drachen durch die Nacht kröche.

An diesem Abend ruft Elsa ihm zu, er solle das strahlende Sternbild bewundern, aber er antwortet nicht. Sie läßt weiter ihre Augen über den Himmel schweifen, während der Junge von einem zum anderen läuft.

«Ihr wollt doch Médor nicht die ganze Nacht draußen lassen?» fragt er Thomas.

«Nein. Nach dem Essen holen wir ihn, das verspreche ich dir.»

Puck geht zu Jeanne hinauf.

«Weißt du schon, daß Médor tot ist?»

Sie sagt nichts und nimmt das Kind in die Arme.

«Erzähl mal, ich weiß noch gar nichts.»

Puck wiederholt, was Thomas ihm gesagt hat: «Er war sehr alt und konnte nicht mehr sehen. Aber vielleicht wäre er auch sonst überfahren worden, denn von Autos hat er nie was begriffen. Thomas hat ihn gefunden, er muß einen Schädelbruch haben oder eine gebrochene Wirbelsäule, wie bei einem Kung-Fu-Schlag, man sieht gar nichts. Bruce Lee kann ganz leicht jemand totschlagen, ohne daß man etwas davon sieht.»

Der Junge wird immer erregter, während er spricht, er fängt an, Szenen aus einem Bruce-Lee-Film nachzuspielen. Jeanne macht währenddessen mechanisch Ordnung im Zimmer, sie geht vom Bett zum Schrank und vom Tisch zur Kommode, ohne recht zu wissen, was sie umherträgt.

Puck erzählt weiter, vermischt die Geschichte von Médor und den Film.

«Du läufst die ganze Zeit rum und hörst gar nicht zu.»

«Doch, ich höre zu.»

Sie setzt sich neben ihn auf das Bett, und er kommt wieder auf den Hund zurück:

«Er war älter als ich. Stell dir vor, er ist geboren worden, als Antoine so alt war wie Thomas, und Thomas so alt wie ich, da siehst du, wie alt er schon war. Wenn er nicht bald gestorben wäre, hätte man ihn töten müssen. Weißt du, wie man Hunde tötet? Man gibt ihnen eine Spritze, und dann schlafen sie ein.»

«Ja, ich weiß», sagt Jeanne.

«Man kann es auch mit einem Gewehr tun, aber da muß man gut zielen, weil man ihn gleich mit dem ersten Schuß totschießen muß, und er darf nicht den Kopf bewegen.»

Jeanne fängt plötzlich an zu weinen. Sie legt sich auf das Bett und blickt auf das offene Fenster und die Mimosen draußen im Dunkeln. Das Geißblatt duftet. Puck schmiegt sich an sie und tröstet sie.

Dann jedoch hört auch er unvermittelt auf zu sprechen und bricht, von jähem Schmerz überwältigt, in Schluchzen aus. Jeannes stille Tränen haben ihn mitgerissen. Sie nimmt das Kind fest in die Arme.

«Wein nicht», sagt sie.

«Er wird nie wieder lebendig», sagt er.

Dann schweigt er lange, bevor er hinzufügt:

«Nachher will ich ihn mit Thomas zusammen holen. Wir fahren mit dem Motorrad hin, und morgen begraben wir ihn und machen ihm ein schönes Grab.»

«Willst du wirklich mithelfen?»

«Ja, und Thomas ist einverstanden.»

Elsa ruft alle zum Essen. Es wird ein schweigsames Mahl. Zum erstenmal in diesem Sommer essen sie drinnen im Haus. Puck bringt keinen Bissen herunter und blickt oft zu Thomas hinüber.

«Ich will, daß wir jetzt hingehen, sonst wird er noch überfahren», sagt er.

«Wir gehen schon.»

Puck spannt seine Arme um Thomas' Hüften und preßt sich an ihn. Sie nehmen den Feldweg, der vom Regen ausgewaschen und übersät von Steinen und toten Ästen ist. Als sie auf die Landstraße kommen, fragt Puck:

«Wo ist er?»

«Weiter oben bei der großen Korkeiche.»

«Da gibt es mehrere.»

«Bei der vor dem schmalen Pfad.»

«Das ist ja ganz nah.»

Thomas gibt einen Moment lang Gas und das Kind preßt Gesicht und Körper fest gegen seinen Rücken.

«Hier ist es.»

Thomas schwenkt nach links ein. Zunächst sehen sie gar nichts, der Scheinwerfer streicht über das Gebüsch und bleibt dann stehen: Da liegt Médor. Thomas geht näher und streichelt ihn.

«Kann man ihn anfassen?»

Puck hockt sich neben das Tier und betrachtet es aufmerksam.

«Er ist wirklich tot, er fühlt überhaupt nichts mehr», sagt er.

«Sein Herz hat aufgehört zu schlagen, leg deine Hand drauf.»

Das Kind zögert, bevor es Thomas seine Hand hinstreckt.

«Wo ist das Herz genau?»

«Da», Thomas nimmt eine Pfote hoch. «Komm, wir legen ihn auf das Motorrad.»

Thomas hebt den Hund auf und legt ihn über den Sattel. In beiden Richtungen fahren Autos vorüber und beleuchten für Augenblicke das Kind und den Halbwüchsigen am Fuß der Korkeiche, wie sie den toten Hund auf ein schwarz-rotes Motorrad legen. Sie gehen langsam den Straßenrand entlang. Puck sieht das große weiße Auge und eine vollgesogene Zecke neben der Schnauze.

«Weißt du, seine Krallen sind so lang, weil er nur noch wenig gelaufen ist, er war schon zu alt», sagt er.

Der Körper des Hundes rutscht, immer wieder müssen sie ihn hochziehen. Puck hat keine Angst mehr, ihn anzufassen, er zerrt das Halsband zusammen, um den Kopf festzuhalten, und greift mit der anderen Hand ins Fell. So gelangen sie schlecht und recht bis zum Feldweg und kommen auch noch einige Meter weiter, dann aber gleitet unter den heftigen Stößen der leblose Körper vom Motorrad, und Puck hat nicht die Kraft, ihn zurückzuhalten.

«Er hat nichts gefühlt, bestimmt nicht», sagt er, als wolle er sich beruhigen.

«Komm, wir lassen das Motorrad hier, und ich trag ihn», sagt Thomas.

Als sie dem Haus näher kommen, hören sie Musik. Sie blicken nicht auf, aber vielleicht wird sich später einer von ihnen beim Erzählen doch an diesen nächtlichen Weg erinnern, an den Eukalyptusduft, an die Bachsche Fuge, die Thomas immer vor sich hinsummt, und auch an den diamantenübersäten mondlosen Himmel. Ein Gefühl von Frieden und Sicherheit umfängt sie, je näher sie dem Hause kommen.

«Wir legen ihn in die Garage», sagt Thomas.

«Ja, und dann holen wir das Motorrad.»

Als sie beim Motorrad angelangt sind, fragt Thomas, ob Puck eine Spazierfahrt bis zu den Ölmühlen von Paillas machen will.

«Heute nicht», sagt der Junge, «laß uns lieber noch mal nachsehen, ob Médor sich nicht bewegt hat. Morgen wollen wir ihn begraben.»

Er zeigt auf einen Eukalyptus, der am Ende der festgestampften Terrasse steht.

«Da ist es richtig, da liegt er im Schatten nahe beim Weinberg, und wir können ihn vom Haus aus sehen. Elsa ist bestimmt einverstanden.»

Sie treten in den Lichtschein vorm Haus. Jeanne und Elsa sprechen leise miteinander, Musik füllt den Raum. Puck holt sich Papier und Buntstifte, setzt sich an den großen Tisch, knipst die Lampe an und beginnt zu zeichnen. Man hört das Kratzen seiner Stifte und das Rascheln des Papiers. Er ist ganz in seine Arbeit vertieft. Er scheint es eilig zu haben, als ob die Zeichnung nicht so schnell vorankommt wie seine Phantasie.

«So», sagt er schließlich.

Es ist ein farbenprächtiges Bild: das Haus orange, der Baum grün, die Straße blau, im Vordergrund der braun-rostrote Hund mit Augen, die so groß sind wie Silbertaler. Auf der Straße das rote Auto.

«Das ist das Auto, das ihn überfahren hat», sagt er.

Einen Himmel gibt es nicht. Er signiert und fragt Elsa nach dem Datum. «Der siebte September», sagt sie. Sie sagt ihm auch, daß sein Bild sehr, sehr schön sei, und er geht stolz damit zu Jeanne. Er verspricht ihr, morgen eins für sie zu malen und sucht dann Thomas, aber Thomas ist nicht mehr da.

«Thomas ist weggefahren, um den Mädchen nachzusteigen», sagt er.

Er verlangt, daß Jeanne die Garage abschließt.

«Das mußt du tun, denn es gibt Füchse hier, der Mann vom Weinberg hat gesagt, daß er einen Fuchsbau gesehen hat.»

Das Bild heftet er seinem Bett gegenüber an die Wand.

II

Puck ist drei oder vier Tage lang nur mit Médors Grab beschäftigt. Am Strand und zwischen den Felsen sucht er nach weißen Steinen und Muscheln, um damit den Namen des Hundes zu legen. Er besteckt die vier Ecken des Grabes mit Kiefernzapfen und fordert einen Baum. Thomas hilft ihm, eine junge Pinie zu verpflanzen, die ihm bis zum Knie reicht. Dann pflückt er wilde Blumen, kleine fünfblättrige Nelken, Sandlilien und Wicken, die er an den Feldwegen längs des Meeres oder im Tal unten findet.

«Das Ganze erinnert mich an die Kreidezeichnungen der Hippies auf dem Pont des Arts», sagt Jeanne.

Puck kann sich darunter nichts vorstellen. Beim Anblick des toten Hundes hat er gesagt: «Nun fühlt er nichts mehr», jetzt aber, wo der Hund tief in der Erde vergraben ist, tut er so, als sehe und spüre Médor alles. Er ruft Thomas:

«Du, sein Kopf liegt doch ungefähr hier, oder?»

Thomas setzt kleine Erinnerungszeichen für Schnauze, Pfoten, Körper und Schwanz, und der Junge sucht mehr Steine und mehr Muscheln, um die Umrisse des Tieres nachzuformen; ein Stein, in dem Spuren von Katzensilber glitzern, wird zur Schnauze, eine gewölbte weiße Muschel zum Auge und lange Kiefernnadeln zum gesträubten oder glatt anliegenden Fell.

Mehrmals am Tag verändert oder vergrößert sich das Grab. Der Junge schneidet Bambusruten und steckt damit die Grenzen ab, aber sehr bald geht er über diese erste Einfassung hinaus, indem er Mimosenzweige von jeder Ecke aus sternförmig in den Sand bohrt. Er trägt Futternapf und Wasserschüssel herbei und frisch gepflückte Blumen; verwelken sie, bringt er neue. Er läuft in sein Zimmer hinauf, holt dort eine sorgsam gehütete Schlangenhaut, rollt sie auf, legt ihren Kopf frei und lehnt ihn an den glitzernden Stein:

«Voriges Jahr», sagt er dazu, «hat Médor immer vor der Wand gebellt, wo die Schlange gewohnt hat, weißt du noch? Und das hat ihn immer schrecklich müde gemacht, weil er schon so alt war.»

Ja, Elsa erinnert sich.

Er fängt auch zwei oder drei Geckos, steckt sie vorsichtig – diesmal will er ihre Schwänze nicht abbrechen – in eine Schachtel, macht den Deckel zu und setzt die Schachtel auf einen kleinen Sandhaufen.

«Ich will sie nicht totmachen», sagt er, «aber Médor mochte sie so gerne fangen.»

Thomas redet ihm zu, die Tiere zweimal am Tag auszuwechseln. Puck nimmt den Vorschlag an und sucht von da an geduldig, mit einem Schmetterlingsnetz in der Hand und einer Blechdose neben sich, auf den Hauswänden nach Eidechsen.

Auf der Höhe von Médors Hinterpfoten gräbt er Löcher oder besser flache Gräben aus und wirft ein Dutzend Grashüpfer hinein. Auch dabei beruft er sich auf eine Vorliebe des Hundes, der sein Leben lang versucht hat, der um ihn herumhüpfenden Insekten habhaft zu werden.

Médor hat sich gern zwischen die Lavendelsträucher gelegt, offenbar weil ihm der Duft behagte: Puck streut mit der Bewegung eines Sämanns vertrocknete, aber noch duftende Lavendelblüten über das Grab. Zwischen zwei lange Reihen von Bambusruten legt er die rote Matte, auf der Médor gewöhnlich geschlafen hat, und es wird daraus ein zum Haus führender Ehrenteppich, als wolle Puck eine Verbindung zwischen Médor und den Bewohnern erhalten oder neu schaffen. Vielleicht tut er es auch, weil er für sich die Verbindung zum Haus braucht, weil er gern reden hört, sich gern beobachtet weiß und nicht allein sein mag; irgend jemand wiegt sich immer in einer Hängematte, sitzt lesend in einem Stuhl oder schreibend am Tisch.

Wenn Thomas schießt, hält Puck nur einen Moment inne, wirft einen Blick auf die Zielscheibe, ruft ein «nicht schlecht» hinüber und geht wieder seiner Beschäftigung nach. Er reicht nicht mehr die Kugeln zu und bettelt nicht mehr darum, durchs Visier blicken zu dürfen.

Charlotte und Bernard sind überraschend abgereist. Er hat seine Tochter gefragt, ob sie gern mit ihm über die Auvergne nach Paris zurückfahren wolle.

Charlotte ist rot geworden und hat einen erstickten Schrei ausgestoßen:

«Und wenn Mama noch nicht da ist?»

«Dann kommst du eben mit zu mir.»

Jubelnd hat sie zugestimmt.

Eines Morgens wird das Klavier geliefert, auf das sie schon seit Anfang des Sommers gewartet haben. Die Leute tragen es in das kleine Nebenhaus, das Cabanon. Thomas beginnt sofort, darauf zu spielen, und Elsa entdeckt auf seinem Gesicht wieder das strahlende Lächeln seiner Kindheit.

Von diesem Tag an fährt er nicht mehr in die einzige Stadt der Halbinsel, die belagert und gemordet wird von den Touristen, die in zwei nicht enden wollenden Autoschlangen, Stoßstange an Stoßstange, darauf warten, in die Stadt einzudringen oder sie zu verlassen.

Es scheint, als wolle der Sommer in diesem Jahr ewig dauern. Die einzigen Anzeichen des nahenden Herbstes sind das Kürzerwerden der Tage und das Reifen des Weins. Das Land findet langsam zu sich selbst zurück; die Feriengäste fahren mit hochbeladenen Autos heim, die Strandbäder und die Vermieter von Segel- und Tretbooten verschwinden, und aus dem Badestrand wird wieder ein leerer, lang hingestreckter, vom Meer umspülter Streifen weißen Sandes. Bald müssen die Herbststürme einsetzen, aber der Sommer will nicht weichen, er dauert in den Herbst hinein.

Jeder Tag versinkt in seiner Nacht und wird bei Morgengrauen neu geboren; die Tage folgen einander mit heiterer Gelassenheit.

Ein strahlender Morgen. Seit mehr als einer Woche schon ist François fort.

Jeanne und Elsa haben es sich auf der alten Liege bequem gemacht, die den Sommer über unter der Platane steht. Sie haben sie bis unter die äußersten Zweige vorgezogen, die Blätter werfen zitternde Schattenflecke auf ihre Glieder, sobald sich ein Windhauch regt. Sie reden, lesen oder träumen mit geschlossenen Augen. Im Cabanon hinterm Haus spielt Thomas bei offenen Fenstern, und die Musik dringt wie ein Parfum bis zu den Frauen herüber.

Puck läuft zwischen dem Grab und dem von einer unterirdischen Quelle gespeisten, Brunnen genannten Wasserhahn neben der Liege hin und her. Er hat die verwelkten Blumen vom Vortag ausgezupft und neue gesteckt, die er nun begießt.

«Ich hab so viel zu tun», beklagt er sich, «könnt ihr mir nicht helfen?»

«Nachher», sagt Elsa, «jetzt ruhen wir uns aus.»

«Erinnerst du dich an den großen Spaziergang im August? Wir sind bis zum Meer gegangen. Es war herrlich, ich war ganz erschöpft.»

Ja, sie waren an dem Tag sehr früh aufgewacht und hatten sich auf dem Flur getroffen. Jeanne hatte einen Spaziergang vorgeschlagen, solange Puck noch schlief; sie wollten ihn nicht wecken, sollte er unruhig werden, würde er zu Thomas laufen, das tat er immer, wenn er im Hause niemand fand. Sie gingen oft früh in das Dorf hinauf, um dem Gedränge auszuweichen, und brachten dann frisches Fladenbrot mit und Zuckerwecken für Puck. Der Junge wußte das und wartete, und wenn er ungeduldig wurde, lief er zu Thomas ins Cabanon. An jenem Morgen waren sie zu dritt aufgebrochen. Das Wetter war so schön gewesen, daß sie über die Hügel bis zum Meer gegangen waren und dort vom noch menschenleeren Strand aus gebadet hatten.

«Was haben wir gelacht! Ich weiß gar nicht mehr worüber, aber mir tat vom Lachen alles weh!»

«Über Médor. Erinner dich, wir hatten nicht bemerkt, daß er uns nachlief; er war bei uns aufgetaucht, als wir schon weit vom Haus fort waren. Er wußte ja, daß wir ihn auf Spaziergänge nicht mehr mitnahmen, und war ganz stolz gewesen, daß er uns überlistet hatte! Wir haben mehrmals anhalten müssen, während er sich hechelnd am Boden ausstreckte, und haben Pfirsiche gegessen und darauf gewartet, daß er wieder zu Atem kam.»

Puck hat aufgehorcht und setzt sich zu den erzählenden Frauen.

«Schließlich hat François ihn auf die Schultern genommen und ihn an den Pfoten festgehalten, und du hast gesagt, er sähe aus wie der Mann mit dem Kalb von der Akropolis.»

«Aber er sieht ihm wirklich ähnlich! Guillaume

hat ihm auch ähnlich gesehen, als er zwanzig war, das liegt in der Familie. Wenn ihr einen Sohn bekommt, wird er ihm vielleicht auch ähnlich sehen.»

Elsa erinnert sich an die Besichtigung der Akropolis in Begleitung eines inzwischen verstorbenen griechischen Freundes, der auf seinen Stock gestützt vor dem Moschophoros stehengeblieben war und immer wieder gesagt hatte: «Herrlich! Einfach herrlich!» Am anderen Ende des Saals hatte eine Kore gestanden, in die er verliebt war: «Sieh dir dieses Lächeln an, das ionische Lächeln mit den geschlossenen Lippen; mein Volk hat wirklich Wunder hervorgebracht!»

Elsa sieht den Moschophoros vor sich: ja, François strahlt die gleiche ruhige Kraft aus, er hat den gleichen offenen Blick, den er ernst auf Dinge und Menschen richtet, und der gleichzeitig eine Frage und eine Gewißheit enthält.

«Ein Kalb ist aber schwerer als ein Hund», sagt Puck. «François kann kein Kalb tragen und Thomas auch nicht.»

«Die Männer waren früher sehr stark, sonst konnten sie nicht überleben», sagt Elsa.

«Wir haben auch über Politik geredet und waren ganz verschiedener Meinung», sagt Jeanne.

«Warum hat der Mann das Kalb getragen? Weil es müde war?» fragt Puck.

«Nein, er wollte es der Göttin Athene opfern», erklärt Elsa.

«Was heißt opfern?»

«Das heißt töten, um den Göttern zu gefallen.»

«Um es zu essen?»

«Über Politik können wir uns nie einigen», fährt Jeanne fort. «Du gehörst eben zu der Generation mit dem großen Trauma.»

Elsa blickt auf, sucht nach einer Antwort, die sie nicht findet und sagt einfach:

«Wie sollte es auch anders sein.»

Gegen Ende des Spaziergangs, als sie vom letzten Hügel aus das Haus schon sehen konnten, hatte François den Hund abgesetzt, und er war durch das Gebüsch davongelaufen; sie hatten gesagt, daß er im kommenden Jahr wohl nicht mehr da sein würde, und Jeanne hatte hinzugefügt:

«Dann wirst du das Kind tragen. In einem Jahr wird es schon groß sein.»

Puck ist wieder davongelaufen. Plötzlich spürt Jeanne eine Bewegung in ihrem Leib. Sie nimmt Elsas Hand, damit sie es fühlen kann.

«Es stößt und stößt», sagt sie voller Freude, und Elsa erinnert sich, wie sie sich anfühlen, die Stöße mit Kopf, Fuß oder Faust, diese weichen, fließenden Bewegungen.

Sie läßt ihre Hand auf Jeannes Leib liegen: Die weiche, warme, goldbraune Haut hebt sich, man weiß nie wo, wie ein Leinentuch, unter dem sich ein Fuß bewegt. Das Geheimnis ist ganz nah, denkt sie, zum Greifen nah, manchmal ist es kein Kind, sondern ein Tumor, der Tag um Tag mehr Raum einnimmt, ganz unauffällig; manchmal ist es auch ein Körper, den man streicheln möchte, oder ein Blick, in dem die Klarheit trübe geworden ist . . . Tausende von Jahren, um die Vereinigung zweier Zellen herbeizuführen und ein einmaliges, unersetzliches menschliches Wesen hervorzubringen. Dieses hier lebt bereits und geht somit dem Tod entgegen.

Mit ihrer Hand folgt Elsa den Bewegungen des Kindes.

«So, nun hat es sich beruhigt», sagt Jeanne. «Ich kann mir eine Entbindung einfach nicht vorstellen. Ich hatte sogar mit sechzehn Jahren noch solche Angst davor, daß ich mir schwor, ich würde nie, niemals Kinder haben, und jetzt bin ich ganz ruhig. Mein Körper wird danach leer sein, und ich werde mir verlassen vorkommen.»

«Wann kommt der Briefträger?» fragt Puck. «Kann ich an der Straße auf ihn warten? Ich kenn sein Auto, es ist gelb.»

«Sobald wir es kommen sehen, gehen wir ihm entgegen», verspricht Elsa.

Der Junge setzt sich an den Rand des Weinberges und beobachtet die vorüberfahrenden Autos.

«Er wartet offenbar auf einen Brief von seinem Vater oder seiner Mutter», sagt Jeanne.

Elsa hat das dicke grüne Buch, Rilkes Briefwechsel, wieder zur Hand genommen. Jeanne steht auf, nackt, prachtvoll und macht einige Schritte. Puck läßt sie nicht aus den Augen:

«Komm, guck dir die Blumen an, die ich ihm heute morgen gebracht hab, sie sind sehr hübsch.»

Jeanne bewundert sie und sagt:

«Aber in der Sonne werden sie verwelken.»

«Das macht nichts, dann such ich neue. Es gibt ja genug. Wollen wir Eidechsen fangen?»

«Ich hab eigentlich keine große Lust.»

«Nur mal nachsehen, ob welche auf der Mauer sitzen.»

«Fang mir lieber einen Schmetterling.»

«Médor hat sich aber überhaupt nicht für Schmetterlinge interessiert. Laß uns auf den Postboten warten. Ich hol dir dein Kleid.»

Er läuft weg und kommt gleich wieder zurück. Jeanne streift das Kleid über.

«Wir gehen zum Briefkasten!» ruft er zu Elsa hinüber.

«Vielleicht bringt er einen Brief von meinem Vater», sagt Puck, «heute ist Montag.»

Mit welchem Gesicht er sagt: ‹mein Vater›, ‹meine Mutter›, ‹meine Eltern›!

Der Postbote hat eine riesige bunte Postkarte für ihn.

«Das ist ein Porträt», sagt Puck. «Ich bring es in mein Zimmer.»

Er denkt gar nicht daran zu lesen, was auf der Rückseite steht.

«Soll ich dir beim Lesen helfen?»

«Guck mal, wenn ich drauf drück, miaut er und rollt mit den Augen.»

Auf dem Weg zum Haus bleiben sie bei Thomas stehen, der sie zunächst nicht hört, dann aber, als er ihre Gegenwart spürt, nicht weiterspielt. Jeanne hat ihn noch nie so gesehen, wie verwandelt, mit leerem Gesicht und leuchtenden Augen.

«Du spielst gut», sagt sie. «Wir können dich da hinten hören.»

«Ich werde nie gut spielen, dazu ist es zu spät», antwortet er.

Er geht mit Jeanne und Puck zum Haus zurück.

«Morgen, Frau Mutter!»

«Morgen, mein Sohn.»

Thomas pflückt sich eine Traube, und Puck läuft hinter ihm her und drückt immer wieder auf den kleinen getigerten Kater mit den grünen Augen, um ihn zum Miauen zu bringen. Jeanne setzt sich auf ihren Platz neben Elsa.

«Seltsam, die Geschichte mit Rilke und den Rosen: Er erzählt Benvenuta, daß er in Venedig auch im Hochsommer immer frische Rosen um sich hatte, und daß die Duse sich, wenn sie ihn besuchte, an ihrem Duft freute; er hat auch Gedichte über die Rosen geschrieben, und eines Tages hat er sich beim Rosenpflücken in seinem Garten an einem Dorn verletzt und ist wenige Tage später gestorben. Die kleine Wunde hatte einen neuen Anfall von Leukämie ausgelöst.»

Am Fuß des stufenweise abfallenden Hangs, jenseits des tiefen, engen Bachbetts, das man mit einem Satz überspringen kann, beginnen Buschwerk und Wald, wenn auch schon vorher eine der Stufen sich neigt und sich dem Abhang des Tals anpaßt. Einige hohe Schirmpinien haben dort vor ungefähr einem halben Jahrhundert Wurzeln gefaßt, wahrscheinlich als Sämlinge des schönsten unter ihnen, eines hundertjährigen Baumes, der etwas tiefer am Waldrand steht. Zwei Eichhörnchen kommen seit Anfang des Sommers hierher, um auf den Ästen herumzutollen. Sie lassen sich mit ausgestreckten Pfoten vom grünen Schirm der Pinien auf die Zweige der Korkeichen fallen und jagen über die Baumstämme oder durch das gelbe Gras wie zwei flinke rostbraune Wellen, die sich nie brechen.

Puck macht sich in Thomas' Nähe zu schaffen und beobachtet, wie er mit den Zähnen die Beeren von der Traube zupft, als äße er Mais vom Kolben. Er wartet geduldig:

«Ich mach das Gewehr fertig, damit du schießen kannst», sagt er.

‹Er fängt an, Médor zu vergessen›, denkt Elsa.

«Ihr werdet die Eichhörnchen vertreiben», gibt Jeanne zu bedenken.

«Die verstecken sich bloß, aber sie kommen wieder, sie wissen genau, daß wir sie nicht totmachen wollen», antwortet der Junge.

Er zeigt Thomas seine Postkarte.

«Die hat mein Vater geschrieben. Ich kann seine Schrift erkennen, aber er schreibt sehr schlecht. Ich kann nur seine Unterschrift lesen.» Er buchstabiert den in Blockschrift geschriebenen Namen:

«A, EN, TE, O, I, EN, E, Antoine. Das ist ein schwieriges Wort, man spricht es anders aus, als es geschrieben wird.»

Er schweigt, überlegt:

«Mein Vater ist nach Paris zurückgefahren.»

Thomas sieht sich den Stempel an.

«Du hast recht», sagt er, «er hat sie am fünfzehnten aufgegeben.»

Jeanne blickt versonnen auf die beiden.

«Jeanne?»

Elsa hat gelesen, aber plötzlich hat sie bei Jeanne eine Erregung gespürt.

«Jeanne!» wiederholt sie.

«Ich möchte wissen, was er denkt», sagt Jeanne. «Ich kann mir einfach nicht vorstellen, daß ich später irgendwann einmal nicht weiß, was mein Kind denkt.»

«Wenn es üblich wäre, daß die Eltern sich trennen . . . Stell dir mal eine Gesellschaft vor, in der es üblich wäre, daß die Eltern nicht mehr zusammenleben, sobald die Kinder sechs oder sieben Jahre alt sind. Vielleicht würden sie dann nicht mehr darunter leiden, jedenfalls nicht in der gleichen Art.»

«Wo ist Antoine?»

«Er hat den Sommer in Griechenland verbracht.»

Thomas hat zugehört:

«Die Mädchen sind alle Flittchen», ruft er herüber, «überall haben sie Angelhaken, und wer anbeißt, ist erledigt. Ganz kurz halten muß man sie, ganz kurz!»

Die beiden Frauen lächeln.

«Und Catherine?»

«In Mexiko. Oft kommen die Briefe der beiden am gleichen Tag . . . Puck sagt nichts, aber er hat alles begriffen. Vielleicht will er es nicht wahrhaben. Ich kann mich nicht erinnern, daß ich unglücklich war, weil ich meinen Vater nicht mehr sah; aber ich weiß es auch nicht recht . . .»

«Für mich war es immer wieder schrecklich», sagt Jeanne, «jedesmal. Er holte mich sonntags am Vormittag ab, sprach aber nie mit mir über meine Mutter. Und ich habe mir so gewünscht, daß er es täte, daß er mir irgend etwas sagte, Gutes oder Schlechtes. Ob er sie geliebt hatte, zum Beispiel. Ich wartete auch darauf, daß er mich nach dem Leben zu Hause fragte. Aber es kam nichts; er fragte nichts, und ich wagte nichts zu sagen. Jeden Sonntagmorgen war ich schon lange vor der Zeit fix und fertig und stand in meinem Zimmer hinter der Gardine. Meine Mutter wußte das und ging ständig ein und aus, machte mein Bett oder brachte sonst etwas in Ordnung. Schon seit dem Aufstehen war sie gereizt, und ich haßte sie. ‹Er kommt wie immer zu spät›, sagte sie, oder ‹Man sieht richtig, wie sauber gewaschen du bist. Und wie sorgfältig du dich sonntags kämmst!› Ich wollte das Fenster öffnen unter dem Vorwand, den Bettvorleger auszuschütteln, aber sie behauptete, sie fröre, oder sie bekäme gerade eine Erkältung. Ich wußte nie, ob er zu Fuß kommen würde oder mit dem Auto. Er lebte mit einer Frau zusammen, der er manchmal das Auto überließ. Florence hieß sie. Vielleicht setzte sie ihn an der Straßenecke ab. Ich war wahnsinnig eifersüchtig, wollte sie aber gleichzeitig kennenlernen. Im Grunde wollte ich sie beide zusammen sehen, zu ihnen nach Hause gehen und von ihnen beiden geliebt werden. Später habe ich mir gedacht, daß er mich aus Rücksicht auf meine Mutter aus seinem Leben fernhielt.

Einmal hat er mir ein goldenes Armband geschenkt, eins, das man ‹Sklave› nannte. Um dieses Wortes willen liebte ich es und legte es nie ab. Ich habe es sogar verlöten lassen, hab meine Mutter gezwungen, mit mir zum Goldschmied zu gehen. ‹Das ist aber unvernünftig›, hat er gesagt, ‹ihr

Handgelenk wird doch noch kräftiger werden›, und meine Mutter hat geantwortet: ‹Natürlich, es ist etwas albern, aber tun Sie's doch, sie möchte es nun einmal so!› Mein Vater hat es mir zu meinem elften Geburtstag geschenkt, als wir in einem Restaurant saßen. Wir aßen fast immer zusammen, bevor wir uns trennten. Neben unserem Tisch stand ein langes Aquarium mit Langusten. Ein Pianist spielte. Ich wäre am liebsten lange so sitzen geblieben und hätte dem Klavierspiel zugehört, während mein Vater rauchte. Er saß oft schweigend da und lächelte mir durch den Zigarettenrauch zu; meine Vorliebe für liebevolles Schweigen stammt aus jener Zeit, sein Blick beruhigte mich. Ich beobachtete, wie die Langusten langsam mit ihren Fühlern umhertasteten wie Blinde, die mit ihrem weißen Stock Fußweg und Wände berühren. Ich wußte, daß mein Vater zu einem bestimmten Zeitpunkt seine Zigarette ausdrücken und sagen würde: ‹Wir müssen gehen, mein Liebling, und uns auf den Heimweg machen.› Dachte er an Florence oder an meine Mutter?» . . .

Puck kommt aus dem Tal herauf. Er hat nachgesehen, ob die Zielscheibe in Ordnung ist.

«Es sind keine neuen mehr da», sagt er, «ich hol welche aus der Garage.»

Thomas blickt auf Jeanne, die, auf einen Ellbogen gestützt, nackt in der Sonne liegt. Er hört die beiden miteinander plaudern:

«An jenem Abend hatte er ein kleines Päckchen neben mein Glas gelegt und gesagt: ‹Das darfst du erst beim Nachtisch aufmachen, wenn wir Champagner trinken.›»

Der Kleine bringt das Gewehr und die Kugeln.

«Jetzt ist alles fertig», sagt er.

«Keine Lust», sagt Thomas.

«Mach ihm doch die Freude», drängt Elsa.

. . . Bei Elsa war es ganz anders gewesen. Sie hatte nur ihre Mutter geliebt. Ihre Großmutter, ihre Mutter und sie, drei Generationen von Frauen und alles Einzelkinder. Nein, ihr Vater hat keine große Rolle gespielt, sie hat wenig Erinnerungen an ihn, vereinzelte Bilder vielleicht, und auch da weiß sie nicht, ob es echte Erinnerungen sind oder ob sie auf Photos beruhen. Doch, eine echte Erinnerung: sie steht nackt im Badezimmer, ihr Vater hockt vor ihr. Sie ist erkältet. Er zeichnet ihr ein großes Tier auf die Brust, einen Drachen, dessen Pranken sich bis unter ihre Arme hin strecken und sich um ihre Brustspitzen legen. Sie verlangt, er solle ihr noch einen anderen Drachen auf den Rükken malen. Der etwas scharfe Geruch der Jodtinktur. Das Kitzeln des Pinsels, dann ein leichtes Brennen auf der Haut. Ihr Vater bläst behutsam über die Striche, um die Reizung zu mildern. Sie sieht ihm dabei zu.

Eine andere Erinnerung: Sie sind im Eßzimmer, im Erdgeschoß. Es ist ein dunkler Raum. Menschen gehen auf der Straße vorüber, man hört ihre Schritte. Sie sitzen um den Tisch herum auf sehr hohen Lehnstühlen, die mit Messingnägeln beschlagen sind. Die wollnen Kissen, die ihr untergelegt wurden, damit sie höher sitzt, kratzen ihre nackten Oberschenkel. Sie ist unartig gewesen, die Großmutter verteidigt sie, ihr Vater ist ärgerlich und dreht ihren Stuhl mit der Lehne zum Tisch. Sie ist isoliert. Der Sitz ist viel zu groß für sie, nur ihre Füße und ihre Knöchel stehen darüber hinaus. Sie hört die Unterhaltung hinter sich und ahnt die Blicke, die man sich hinter ihrem Rücken zuwirft. Sie bekommt keinen Nachtisch, aber wäre er ihr angeboten worden, hätte sie sowieso gesagt, sie habe keinen Hunger mehr.

Es gab auch noch den Zirkus, aber das war später gewesen. Das Sonntagsvergnügen von Kindern geschiedener Eltern. Sie saß gern in der ersten Reihe. Clowns und Akrobaten langweilten sie, sie wartete auf die Löwen. Während der Pause wurden die Wände des hohen Käfigs aufgebaut, der Dompteur überwachte die Arbeiten. Das Orchester spielte, die Lichter wechselten – sie weiß nicht mehr, ob sie angingen oder vielmehr ausgelöscht wurden. Dann hörte man das Brüllen der Raubtiere. Sie kamen durch einen langen gewölbten Tunnel. Elsa konnte ihre Formen durch das Gitter hindurch erkennen; auf jeder Seite standen Männer mit spitzen Stangen, die sie weiterscheuchten. Mit furchtbarem Gebrüll kamen die Tiere in die Arena, wo der Dompteur mit einer langen und einer kurzen Peitsche wartete und ihnen die Plätze zuwies, auf die sie sich setzen sollten. Elsa atmete den Geruch der Raubtiere, sah die Zähne, die Augen, die Geschlechtsteile, das nervöse Zucken des Felles, und ihre Aufregung, die wachsende Spannung verursachte ihr Freude und Schmerz zugleich. Sie spürte eine intensive Wärme im Unterleib, und ihre Schenkel wurden schwer. Später, in der Straße, hielt ihr Vater sie so fest bei der Hand, daß es fast weh tat, aber sie sagte nichts, denn sie liebte diese schweigende Kraft, die sie durch die dunklen Straßen zog. Sie kam heim, ging in das Zimmer ihrer Mutter und kuschelte sich ins Bett und an den warmen Körper, die Mutter küßte sie, und sie schlief ein.

Wie lang waren die Jahre der Scheidung ihr erschienen! Monatelang hatte sie damals bei einem briefmarkensammelnden Onkel väterlicherseits in der Provinz gelebt. Ganze Abende verbrachte er damit, die Marken sorgsam mit einer Pinzette in große gebundene Alben zu stecken; nur selten blickte er auf, und sein glatter, glasharter Blick tat ihr weh. Sie hatte die weiche Wärme der nußbraunen Augen ihres Vaters geliebt und seine Augenlider, die sich bis zu den Schläfen hinzogen, wenn er sie senkte, und die sie später bei ägyptischen Statuen oder auf persischen Miniaturen wieder fand . . .

«Manchmal nahm mein Vater mich mit in den Zirkus», sagt sie laut. «Am liebsten mochte ich die Löwen und die Pferde, ganz im Gegensatz zu heute. Jetzt kann ich die Dressur von Tieren nicht mehr ertragen, dafür liebe ich Akrobaten und Clowns.»

Puck treibt sich in der Nähe des Tisches herum und wartet darauf, daß Thomas endlich zum Gewehr greift, das er neben ihm an die Wand gelehnt hat. Mit einem Ohr folgt er dem Gespräch:

«Ich bin auch mit meinem Vater im Zirkus gewesen», sagt er, «da gab es eine Katze und Mäuse, die sind im gleichen Flugzeug gefahren, und die

Katze hat die Mäuse nicht gefressen; und dann gab es einen Fuchs und Hühner, die sich sehr gut vertragen haben.»

«Weil man ihnen den Instinkt mit Gewalt ausgetrieben hat», sagt Elsa.

Puck zuckt mit den Achseln:

«Die sahen aber gar nicht unglücklich aus.»

Thomas steht auf. Mit einem Satz ist Puck an seiner Seite und kniet sich neben ihn, während Thomas zielt. Beim ersten Schuß fahren sie alle zusammen.

Elsa erzählt weiter:

«Angst und Kummer hatte ich erst, als ich von meiner Mutter getrennt wurde.»

«Ich war immer zwischen beiden Eltern hin- und hergerissen», sagt Jeanne. «Erst nachdem sie im Abstand von zwei Jahren beide gestorben waren, habe ich begriffen, wie glücklich meine Mutter gewesen sein muß, daß sie meinen Vater überlebt hat. Das war ihr erster Sieg über ihn. Endlich war sie allein auf der Welt, ich meine, ohne diese ständige, unsichtbare Gegenwart. Ich glaube, sie hat nach seinem Tod anders geatmet, sie war befreit. Ich hab natürlich nie gewagt, mit ihr darüber zu sprechen. Niemand hat es gewagt, ihr irgend etwas zu sagen, sie war immer das Opfer, die ewig

Verletzte. Nur nicht so werden wie meine Mutter! Du hast sie nicht gekannt, sie starb, als wir uns gerade kennenlernten. Ich kann ihre verlorenen Augen, diesen tränenlosen Blick einer Ertrinkenden nicht vergessen. Meinen Vater muß dieser Blick ebenso verfolgt haben wie mich. Er kam nie in die Wohnung, wenn er mich abholte, er wartete immer vorm Haus und blickte zu meinem Fenster hinauf, aber ich durfte es nicht öffnen, er sollte klingeln, er sollte ihr gegenüberstehen. Ich spürte die Spannung, ich stand zwischen den beiden. Ich war nicht der Lebensinhalt meiner Mutter, ich war ein Pfand, ein Köder. Ich will damit nicht sagen, daß sie mich nicht gern gehabt hätte, aber ich habe mich immer gefragt, ob ihr Körper bei meiner Geburt nicht zu sehr gelitten hatte und ob sie mich nicht im Grunde ihres Herzens für die Entfremdung meines Vaters verantwortlich gemacht hat.»

Während sie Jeanne zuhört, beobachtet Elsa gleichzeitig über die leeren Hängematten und den noch gedeckten Tisch hinweg die beiden Jungen: Thomas, ein Knie am Boden, das andere hochgestellt, blickt zum stehenden Puck auf, der ihm eine Kugel hinhält, dann wendet er sich von dem Kind ab und legt das Gewehr an. Elsa fröstelt, ein Gedanke durchfährt sie: Die Liebe, nicht der Tod, nein, nicht der Tod, die plötzliche Liebe dringt wie eine Kugel ins Herz und zeugt Leben. Aber der Tod kehrt zurück: Was ist schlimmer für ein Kind, der Tod eines der Eltern oder eine Scheidung? Sie weiß es nicht und wird die Frage auch nicht stellen.

«Ich konnte durch meine Mutter hindurchsehen», fährt Jeanne fort, «ich merkte, wie sich ihr Herz verkrampfte, ihre Muskeln hart wurden, ihr Puls schneller schlug; ich konnte ihr sogar ansehen, wie in ihrem Gedächtnis Erinnerungen an Dinge auftauchten, die ich nicht erlebt hatte, Erinnerungen, die sie jedesmal überfielen, wenn mein Vater in die Nähe kam oder sich durch einen Brief oder einen Anruf bemerkbar machte. Gegen meinen Willen litt ich mit ihr. Wenn ich am Sonntagabend oder nach den Ferien zurückkam, betastete, beschnupperte sie mich, als suche sie an mir einen leichten Geruch, keine Spuren von Tabak oder Seife, nein, einen Geruch, der mir anhaftete, ohne daß ich es wußte. Sie küßte mich dort, wo er mich geküßt hatte, und ich wußte, daß sie an mir ihren Mann suchte, daß sie seine Haut spürte, wenn ihre Lippen mich berührten; und ebenso wiederholte sie, wenn sie mir über das Haar strich, seine Bewegung. Ich war alles, was ihr von ihm geblieben war, und wahrscheinlich liebte oder haßte sie mich, je nachdem, ob sie Ähnlichkeiten an mir entdeckte, die sie suchte, oder denen sie entfliehen wollte.»

«Seltsam», sagt Elsa, «François hat nur seinen Vater geliebt.»

«Das war fast das erste, was er mir erzählt hat. Bei ihm war es so ausgeprägt, daß ich mich frage, ob er je einen Freund haben wird.»

Elsa schweigt eine Weile, in Gedanken verloren.

«Als wir uns liebten, waren wir jünger als ihr jetzt», sagt sie dann. «Danach haben wir uns nicht wieder getroffen, es war unmöglich, physisch unmöglich. Ich hatte später gehört, daß er geheiratet, und auch daß er ein Kind hatte. Und eines Tages bin ich ihm auf der place St. Sulpice vor dem Brunnen begegnet. François muß ungefähr acht Jahre alt gewesen sein. Er zerkrümelte ein Stück Brot und warf es den Tauben hin. Ihn habe ich übrigens zuerst gesehen und habe gedacht: Das ist Guillaumes Sohn. Eine ganz ungewöhnliche, überraschende Ähnlichkeit. Zehn Jahre später, als Guillaume gestorben war, hat er mich angerufen. Eine Männerstimme: ‹Mein Vater ist tot. Ich glaube, Sie haben sich geliebt.› Guillaumes Tod hat uns zusammengeführt. Ich hatte ihn hin und wieder gesehen, aber immer nur zufällig, an einer Bushaltestelle oder in einem Kino. Als ich François das erste Mal traf, hat er ununterbrochen geredet; alles, was er zu sagen hatte, hat er damals gesagt.»

Elsa erinnert sich an ein Gefühl von Unwirklichkeit und Verwirrung. Während François sprach, hatte sich vor sein Gesicht das von Guillaume geschoben und vor die Gegenwart die Vergangenheit, bis sie sie nicht mehr hatte unterscheiden können. War sie zwanzig Jahre alt, hatte sie Guillaume vor sich oder war es François, der beim Sprechen die gleichen Bewegungen machte und sie ebenso ansah wie sein Vater? Wie konnte sie die beiden verwechseln, nicht mehr wissen, wem sie zuhörte, mit wem sie sprach? War sie so unversehrt geblieben, war alles so spurlos an ihr vorübergegangen? Die Liebe und der Tod dessen, den sie geliebt hatte, die Geburt ihrer Kinder, ihr Beruf, hatte all das sie so wenig gezeichnet? Nein, in den Augen des jungen Mannes hatte sie gelesen, wie sehr sich ihr Körper und ihr Gesicht verändert hatten. Dreißig Jahre waren inzwischen vergangen, mehr als eine Generation! Das war wohl das erste Mal gewesen, daß Elsa sich ihres Alters bewußt wurde. Guillaume hatte sie mit anderen Augen betrachtet, aber dennoch hatte sie die beiden Männer weiterhin verwechselt und François angesehen, als sei er sein Vater, mit dem sie endlich reden und ihre Schuld ihm gegenüber endlich vergessen konnte. Denn für sie war das Gesicht seines Sohnes noch unberührt gewesen; für keine Falte, für keinen dunklen Schimmer um Stirn oder Mund, für keine Traurigkeit in den Augen war sie verantwortlich, und sie hatte keinen Grund mehr, empfindlich zu sein und hinter einem banalen Satz einen verborgenen Sinn zu suchen; Guillaume war wieder zugänglich geworden wie zur Zeit ihrer Liebe. Aber schließlich hatte die Wirklichkeit sie doch überwältigt: Nein, er war es nicht, der da sprach, es war François, und wenn er ihr gegenübersaß, dann eben darum, weil Guillaume tot war. Nie wieder würde sie seinen Blick sehen, nie wieder seine Stimme hören. Es war zu spät . . .

«Ja», sagt Jeanne, «es gibt Augenblicke, da brechen alle Dämme, und man redet, sagt alles . . . am Anfang einer Liebe oder angesichts des Todes . . . Oder auch, viel weniger dramatisch, in einem Moment des Vertrauens, des Gelöstseins . . .

. . . Aber man sagt doch nie wirklich alles», fügt sie hinzu.

Von Zeit zu Zeit fällt ein Blatt von der Platane. Wenn es sich von den oberen Zweigen des Baumes löst, hört man, wie es leise andere Blätter streift, bevor es zu Boden gleitet. Eines bleibt auf Jeannes Haar liegen; es hat fast die gleiche Farbe. Elsa nimmt es auf und dreht es zwischen zwei Fingern hin und her. Es ist trocken, schon brüchig und voller rostroter und brauner Flecken. Viele Sommer lang ist ihr das Fallen der Blätter unerträglich gewesen. Manche Stunde hat sie auf das fast unhörbare Knacken des Stiels gelauscht, der sich vom Zweig löst; auf die darauffolgende Stille, die wie ein angehaltener Atem wirkt, bevor das Blatt von einem Ast zum anderen taumelt, und auf das leise Rascheln, mit dem es die anderen noch festsitzenden Blätter berührt, bevor es sanft auf die Erde fällt. Und es war Elsa damals so vorgekommen, als sei sie so ein Blatt, und als falle sie im Zeitlupentempo den steil zum Meer abstürzenden Felsen herab, von einem Vorsprung auf den nächsten, jedesmal verletzt, mit zerbrochenen Gliedern, Kopf und Nacken allen Schlägen ausgesetzt; und wenn das Blatt federleicht landete, wie eben jetzt, so war es damals gewesen, als erwarte sie auf der glatten Wasserfläche am Fuße des hochaufragenden Granitfelsens ein gnadenloser Tod. Elsa fragt sich, ob sie diesen Traum je geträumt hat oder ob es eine Vision gewesen ist, die sie zu einer Zeit verfolgte, als der Gedanke an den Tod sie zu überwältigen drohte.

«François hat beim Tod seines Vaters, glaube ich, nicht gelitten», sagt sie, «er ist im wahren Sinn des Wortes an seine Stelle getreten, in seine Haut geschlüpft; er ist Guillaume geworden.»

«Thomas hat ins Schwarze getroffen!» schreit Puck.

«Noch drei Schuß und dann hören wir auf», sagt Thomas.

Puck rennt zum Baum, kommt mit der Zielscheibe zurück und zeigt sie den Frauen.

«Er hat wirklich ins Schwarze getroffen», sagt er. «Die heb ich mir auf.»

Elsa blickt in die Sonne, die nicht mehr ganz so hoch am Himmel steht, und mit einem Schlag wird ihr bewußt, daß es Herbst geworden ist. Der Sommer ist vorüber.

«In einigen Tagen fängt die Weinernte an», sagt sie.

Nach dem langen, glücklichen Sommer sieht sie dem Herbst in diesem Jahr ohne Furcht entgegen, sie läßt sich von seinem Zauber tragen, und selbst der Winter und die bald wieder aufzunehmende Arbeit erscheinen ihr in freundlichem Licht.

«Gehen wir baden?» fragt Puck.

Jeanne lächelt:

«Ich möchte wissen, wie ich ohne François leben konnte», sagt sie.

Elsa läßt den Satz nachklingen, sie ist da, unter der Platane und plötzlich weit weg, dort, wo die aufsteigenden Empfindungen sie hinziehen. ‹Man ahnt nicht, was man ertragen kann›, denkt sie. ‹Man hat so viel Vernunft, so viel Widerstandskraft und eine fast unbegrenzte Anpassungsfähigkeit, solange der Körper gesund ist . . . so viel Geduld, so viel Kraft zum Neuanfangen und zum Durchhalten, so viel hartnäckigen Lebenswillen und immer wieder neue Gründe zu leben. Und man braucht viel Kraft. So viel Kraft, wie sie nötig ist, um ein Kind aus sich hinauszustoßen, aber von ganz anderer Art: eine Kraft, die Geduld und Entschlossenheit verlangt und die Bereitschaft, Hindernisse zu überwinden und Rückschläge hinzunehmen, wenn der Sumpf einen erfaßt wie eine fette, schwarze fleischfressende Pflanze, und wenn die Verlockung fast unwiderstehlich wird, sich versinken zu lassen. Und dann ein Lichtblick – wer weiß warum – ein Telephonanruf, ein Lied, ein Gedicht, ein Spaziergang . . . das Salz- oder Sandkorn, das die Maschinerie der Verzweiflung zum Stillstand bringt. Plötzlich hat man Flügel und überfliegt den Abgrund, wälzt den Stein beiseite, befreit sich aus dem Sumpf . . .›

«Zwei Wunder», fährt Jeanne fort. «Daß wir über zwanzig Jahre in derselben Stadt gewohnt haben, ohne uns zu kennen, und daß wir uns begegnet sind. Hier bei dir.»

Elsa zählt die Jahre. Es war ein schöner Sommer für sie gewesen. Volodia war gekommen und im September wieder abgereist, ohne daß sie traurig gewesen war, so klar und durchsichtig war alles zwischen ihnen gewesen. Auch Antoine, seine Frau und Puck waren schon abgereist, und Thomas lernte in England die englische Sprache und das Flirten. Elsa war allein zurückgeblieben mit Jeanne, die sie erst seit einigen Monaten kannte. Sie hatte auf François gewartet. Wo war er damals gewesen, in Vietnam? In Chile? Es war ein warmer, feuchter September. Gleich nach François' Ankunft waren sie zu dem vom hohen Granitblock überragten Felsen gegangen, immer demselben, gleich werden sie wieder hingehen, da Puck unbedingt baden will. François war am Körper weiß, an Hals, Händen und Gesicht tief braun gewesen. Er war weit hinausgeschwommen, und Jeanne hatte von ihrem Buch aufgesehen und ihm, auf dem Bauch liegend, mit aufgestütztem Kinn nachgeblickt. Ihre Reglosigkeit war Elsa aufgefallen; nichts an ihr hatte sich bewegt außer ihren Haaren, mit denen der Wind spielte. «Er kommt ja wieder», hatte Elsa lachend gesagt. Aber Jeanne war nicht darauf eingegangen. Sie hatte sich ganz auf den dunklen Kopf konzentriert, der immer wieder für Augenblicke verschwand. Eine Stunde lang war kein Wort gefallen. Jeanne hatte sich nicht gerührt, und Elsa war klargeworden, daß ihre Freundin in dieser Stunde, wahrscheinlich in wenigen Sekunden, über ihr Leben entschieden hatte. Schließlich war François aus dem Wasser gekommen, hatte seinen Blick auf Jeanne geheftet und war dicht neben ihr stehengeblieben . . .

Thomas liegt lesend in einer Hängematte, und Puck zeichnet mit einem stumpfen Bleistift Schienen und Schiffe neben dem Tisch auf den sandigen Boden. Er sagt: «Motorboote mag ich eigentlich lieber, aber zeichnen tu ich lieber Segelboote.»

In diesem Sommer ist aus der Halbinsel eine Insel geworden. Man sieht ihre Grenzen nur auf der Straßenseite, dort, wo die ununterbrochene

Kette der Autos daran erinnert, daß Ferienzeit ist.

In Paris ist Elsas Insel ein winziger Punkt inmitten ihrer Welt von Stadt, Straße, Wohnung, Zimmer und Bett, und taucht nur nachts auf oder beim Morgengrauen. Sie ist der leuchtende Kreis der Lampe, die auf einen Text scheint, der so gut ist, daß er Elsa von der Umklammerung der Stadt schützt, oder sie ist ein Musikstück, und dann wird auch die Lampe überflüssig, denn der Raum braucht dann nicht eingegrenzt zu werden, die Töne ergießen sich in die Nacht, sprengen die Grenzen des Zimmers und lassen die schützende Insel hervortreten. Manches Mal hat der alte, traumgeschüttelte Hund währenddessen auf ihrem Bett geschlafen – er wird es nicht mehr tun –, und es war gut gewesen, seine Wärme zu spüren. Wenn aber das Telephon läutete, hat sie die Lektüre oder die Musik unterbrechen und der Stimme der trostbedürftigen Frau zuhören müssen:

«Bist du's? Ich hab kein Auge zugetan. Ich hatte ununterbrochen Schmerzen und dazu scheußliche Atembeschwerden. Der Arzt will wieder punktieren, die Rippenfellentzündung ist immer noch nicht ausgeheilt. Der Aufenthalt im Süden ist mir ganz schlecht bekommen. Es hat immerzu geregnet, und ich hab gefroren wie noch nie, da bin ich hier doch besser aufgehoben . . . Mir tut alles weh. Der Arzt möchte mich in ein Krankenhaus schikken, weil ich dort, wie er sagt, besser versorgt werde und alles leichter zu überwachen ist, aber ich will nicht, im Krankenhaus stirbt man. Ich hab keinen Krebs, ich hab eine Rippenfellentzündung. Vor zehn Jahren hab ich mal Krebs gehabt . . . Damals haben sie mich mit ihren Röntgenstrahlen verbrannt, das langt mir. Meine Mutter hat das Wort ‹Krebs› nie in den Mund genommen. Sie sprach immer nur von dem ‹schlimmen Übel›. Sie ist daran gestorben, ohne es zu wissen. Ich weiß, daß ich Krebs gehabt hab, man hat es mir damals gesagt und mich bestrahlt, aber jetzt ist es eine Rippenfellentzündung, sonst würden sie es mir sagen. Darum stell ich auch keine Fragen . . . Das Cortison hatte mich ganz dick gemacht, erinnerst du dich? Ich war geradezu unförmig, und meine Haare fielen aus . . . Ich hab gesagt, nie wieder Cortison. Jetzt bin ich dünn wie ein Strich, so als wär ich zwanzig Jahre alt, ich esse allerdings auch kaum etwas . . . und ich beweg mich wenig . . . bin unvorstellbar müde . . .»

Elsa hatte versucht, nicht weich zu werden, und eine unsichtbare, aber undurchlässige Wand aufgerichtet; sie hatte sich das dunkle, ihr so gut bekannte Zimmer nicht vorstellen wollen, das sie ein- bis zweimal wöchentlich aufsuchte, und wo jedesmal in der Tiefe des Bettes ein noch eingefalleneres Gesicht, ein noch verlorenerer Blick auf sie warteten. Ein blauer Seidenschal verhüllte Stirn und Haar: «Wie gut dir der Schal steht!» – «Er ist so blau wie meine Augen. Ich hatte so tiefblaue Augen, nicht blaßblau oder wie Delfter Blau, nein wie Lapislazuli.» Sie nahm einen Spiegel und betrachtete ihre Augen. «Es ist immer noch das gleiche Blau», hatte Elsa gesagt und dabei gedacht: verändert hat sich die Hornhaut, sie ist nicht mehr weiß, sondern gelblich wie helles Schildpatt – ja, ich hatte einmal eine solche Puderdose, die wir im «Haus der Schildkröte» auf einem der großen Boulevards, nicht weit von den Galeries Lafayette gekauft haben, war es Boulevard Haussmann? Eine Gegend, in die ich gar nicht mehr komme – oder wie zu blasses Aspik um ein weiches Ei . . . Neben dem Delikatessengeschäft, in der Auslage des Schlachters, liegt ein Kalbskopf mit geschlossenen, fast weißen Lidern . . . das Tier wird sich gewehrt haben, als man es töten wollte, und Entsetzen in den Augen haben . . . Man hat ihm ein Sträußchen Petersilie ins Maul und eines hinters

Ohr geschoben, wie eine Frau eine Zigarette zwischen den Lippen oder eine Blume hinter dem Ohr stecken hat . . .

«Kannst du lesen?» hat Elsa gefragt.

«Kaum», hat die Kranke zur Antwort gegeben, «ich bin zu müde, weißt du, und mir ist immer etwas schwindlig. Meist döse ich so vor mich hin, ohne wirklich zu schlafen. Ich vergesse auch die Worte, sobald ich sie gelesen habe . . . ich glaube, mein Gehirn ist explodiert . . . wie eine kleine Atombombe, die niemand wahrgenommen hat . . . nur ich allein . . . ganz kurze Gedichte vielleicht, wie die Verse, die Roubaud aus dem Chinesischen übertragen hat oder aus dem Japanischen, ich weiß es nicht mehr; oder auch Ungaretti, aber in der Übersetzung, auf italienisch schaffe ich es nicht, das strengt zu sehr an, macht mich ganz fertig . . . ja, mir bleibt nur noch die Erinnerung, und auch da . . . Sie wollen mich wieder röntgen . . . aber von einer Operation will ich nichts mehr hören. Basta così!»

«Was wollen sie röntgen?»

«Weiß ich auch nicht. Den Kopf und die Beine, glaub ich. Ich zieh das eine Bein nach. Kein Wunder, ich geh ja überhaupt nicht mehr . . . Sollen sie tun, was sie nicht lassen können, mir ist es egal, ich will bloß keine Schmerzen mehr haben . . .»

«So eine Rippenfellentzündung nimmt einen doch sehr mit!»

Sie hat keine Antwort gegeben und nach einer Weile gefragt:

«Was macht der Hund?»

«Nichts Besonderes. Wenn man seine Gewohnheiten nicht stört, geht es, aber es braucht bloß ein Stuhl anders zu stehen und schon stößt er sich und wird unruhig und ängstlich. Er schläft viel . . . und er hängt an mir wie eine Klette . . . Wenn ich auf meinem Bett liege, geht er an mir vorbei, ohne mich zu bemerken, sucht mich im Bad, kommt zurück und wendet den Kopf hilflos nach allen Seiten. Aber beim leisesten Geräusch, das ich mit der Zunge oder mit den Fingern mache, stellt er die Ohren auf, wedelt mit dem Schwanz und legt sich neben mich.»

«Du solltest ihn einschläfern lassen.»

«Ich weiß. Aber es ist schwerer, als ich gedacht habe. Wenn alles ruhig ist und er bei mir sein kann, ist er glücklich.»

«Das ist noch die Frage.» . . .

Elsa blickt auf die schlafende Jeanne. Kopf und Haar werden von der Sonne beschienen, über ihren Körper huschen spielend die Schatten des Laubes. Sie scheint umgeben von einer Aura des Glücks. Mancher Schlafende läßt eine verborgene Traurigkeit oder eine Angst erkennen, die sein Bewußtsein verbirgt, Jeanne aber strahlt auch in der Selbstvergessenheit des Schlafs wie ein Baum in voller Blütenpracht. Eigenes und zukünftiges Leben pulsiert in ihr. Bevor sie einschlief, hat sie gesagt, daß sie noch nie so glücklich gewesen sei, und sie hat hinzugefügt:

«Wenn man am glücklichsten ist, denkt man an den Tod, hast du das schon bemerkt? Oder ist das nur so, wenn man schwanger ist?»

«Ich habe damals nicht daran gedacht», hat Elsa geantwortet.

Es gibt keine Vögel um diese Tageszeit und fast keine Autos auf der Landstraße. Der Khakibaum hat schon alle seine Blätter verloren, und seine Früchte werden rot. Seit dem Gewitter sind überall rosa Lilien aus dem Boden geschossen, eine blüht ganz in Elsas Nähe. Thomas liest die letzten Seiten von Trotzkis Leben. Puck, o Wunder, ist still und zeichnet vor sich hin; die Schienen und Schiffe vermehren sich, laufen um die niedrige Mauer herum und auf Médors Grab zu. Elsa schließt die Augen, legt den Kopf zurück, und ihr ist, als werde sie sanft und gleichmäßig von der Erde gewiegt, fast wird ihr schwindlig; sie spürt, wie es sie nach hinten zieht, wie ihr Körper sich spannt und ihr Leib sich dem Himmel entgegenwölbt. Bruchteile von Sekunden, aber sie scheinen ewig zu dauern. Dann öffnet sie die Augen, und alles wird wieder unbeweglich. Vor ihr der durchsichtige Himmel; er ist voller Sterne wie nachts, denkt sie. Während eines wie Mittag oder Mitternacht genauen, kurzbemessenen Augenblicks ist sie eins mit ihrem Leben und mit dem Leben überhaupt, besteht sie als Ganzes und als Teil eines Ganzen aus Vergangenheit, Gegenwart und Zukunft gleichermaßen. Seltener Augenblick, da die Waage sich im Gleichgewicht hält. Ein Halt, eine Atempause. Werden sie heute zum Baden gehen? Elsa möchte lieber nach Sonnenuntergang an den Strand hinunter schlendern, sich im noch warmen Sand ausstrecken und im ruhig gewordenen Wasser schwimmen, wenn es noch hell ist, der Mond aber schon am Himmel steht.

Jeanne hat sich nicht bewegt. Die Sonne berührt nun ihre Brüste, Elsa verscheucht eine Wespe, die ihnen zu nahe kommt.

Und sie denkt, während sie ihre Blicke auf der Schlafenden ruhen läßt, an ihr erstes Zusammentreffen. Es war an einem Novemberabend, Elsa war allein in ein Vorstadttheater gegangen, um «Die Möwe» zu sehen, und schon bei ihrem ersten Auftritt war ihr die Nina, eine junge, fast unbekannte Schauspielerin, aufgefallen, deren Namen sie auf dem vervielfältigten Programm gelesen hatte: Jeanne Delteil.

Nach Schluß der Vorstellung war es ihr ein Bedürfnis gewesen, sie zu beglückwünschen, und die Sympathie war sofort gegenseitig gewesen. Jeanne hatte Hunger gehabt, und sie waren zusammen in ein noch offenes Bistrot gegangen. Daß die Zwanzigjährige herzhaft zulangte, obwohl sie eben noch die echteste Nina gespielt hatte, die ihr je begegnet war, hatte Elsa gefallen, und sie hatte sich gefragt, welche Wunde ein so junges Menschenkind schon davongetragen haben mochte, um so verletzlich zu sein oder zu scheinen. Während des Essens hatte Jeanne nur von ihrem Beruf gesprochen, von ihrem privaten Leben und ihren Gefühlen hatte sie nichts verlauten lassen: «Tschechow zu spielen ist herrlich», hatte sie gesagt. «Auch wenn kein Kritiker sich in ein Vorstadttheater bemüht, um sich ein mit wenigen Mitteln inszeniertes und von Unbekannten gespieltes Stück anzusehen.»

Die Jeanne von damals war noch mager, ihre Brüste waren kaum geformt. Ihr blasses Gesicht ließ die Augen mit der undefinierbaren Farbe zwischen Grün und Gold riesengroß erscheinen. Elsa erinnert sich an ihren Blick, aus dem gleichzeitig ein fast ängstliches Fragen und eine leidenschaftliche Begeisterung sprachen.

Elsa hatte sie bis nach Hause in die Nähe der Alesia-Kirche gefahren, und im letzten Moment hatte Jeanne erwähnt, daß sie eine Bleibe suche, weil die Freunde, in deren Wohnung sie lebte, nach einjähriger Abwesenheit zurückkehrten. Elsas Angebot, sie vorübergehend bei sich unterzubringen, war ganz spontan gekommen, und ohne zu überlegen – sie hatte es ihr später gestanden – hatte Jeanne den Vorschlag angenommen.

Die Äste der Platane werfen jetzt ihre Schatten über die ganze Liege. Jeanne schläft immer noch, ihre Lippen sind leicht geöffnet. Elsa sieht sich in Gedanken vor drei Jahren unter demselben Baum auf derselben Liege ruhen. Sie kannten sich damals erst seit etwa zehn Monaten. François war einige Tage zuvor angekommen, und Jeanne liebte ihn schon. Es muß zur Zeit der Siesta gewesen sein, der Wind rauschte in der Platane, und sie hatten Pullover übergezogen. Zum erstenmal hatte Jeanne von den vergangenen Jahren erzählt, wahrscheinlich, weil sie endlich davon befreit war; nie wieder würde es für sie eine solche Einsamkeit, einen so erbitterten Kampf um die Karriere geben.

Sie hatte in kurzen, manchmal abgehackten Sätzen gesprochen und dazwischen lange Pausen gemacht, die Elsa nicht unterbrechen mochte. Jeanne kannte den Zauber, der von ihrer Stimme ausging, aber sie nutzte ihn nicht aus, ja, manch einer hätte ihre Sprechweise monoton gefunden. Sie betonte keines der Wörter, sie warf ihre Sätze hin, als ob sie nicht erklären, sondern ein Gefühl, eine Situation oder einen Eindruck vermitteln wollte, und erst im Laufe ihrer Erzählung setzten sich vor Elsas Augen die Bilder wie bei einem Puzzle Stück um Stück zusammen. Sie entdeckte die Traurigkeit, die um sich greift, wenn im Saal nach einer Vorstellung vor einem fast immer spärlichen Publikum die Lichter ausgehen, und die Schauspieler sich müde und entmutigt in der einzigen Garderobe zusammenfinden; wenn sie sich schnell abschminken, die Kostüme gegen die eigenen Kleider vertauschen und jeder davongeht. Man umarmt sich, sagt «bis morgen» und nimmt ein Taxi, falls man es sich an diesem Tag einmal leisten kann, wenn nicht, läuft man zur letzten Metro hinunter.

«Ich werde nie vergessen, wie meine Schritte vor der Conciergenloge hallten, und auch nicht das Knipsen des Flurlichts, das Brummen des Fahrstuhls, das harte Zuschlagen seiner Metalltür, den Augenblick, wenn ich den Schlüssel in das Türschloß schob. Manchmal ließ ich das Licht brennen, aber gegen die Stille gab es kein Mittel.» Elsa stellte sich vor, wie Jeanne sich auszog, sich wusch, wenn sie noch die Energie dazu hatte, und wie sie in das ungemachte Bett zwischen die kalten Laken schlüpfte. «Ich schwor mir, am nächsten Morgen aufzuräumen, damit mein Zimmer nicht so wüst aussähe, aber meistens rannte ich unausgeschlafen davon und ließ alles wie Kraut und Rüben zurück.» Sie hatte auch gesagt: «An den Tagen, an denen ich nicht spielte, oder in den Nächten, in denen ich nicht zu müde war, las ich ein Stück, das ich gern gespielt hätte. Wir hatten Szenen daraus am Conservatoire durchgenommen, und ich wußte, daß meine Chancen, dieses Stück zu spielen, eins zu hundert standen, jedenfalls, solange ich noch das Alter für diese Rolle hatte. Darum war ich wie verrückt vor Freude, als man mir ‹Die Möwe› anbot. Sogar mit einer unbekannten

Truppe war das phantastisch!» Ihre Mutter war während der Proben gestorben, aber dieser Tod hatte sie kaum berührt. Sie erzählte es ohne Scham: «Während der Beerdigung dachte ich nur an die Nina. Es war stärker als alles andere.»

Sie hatte auch vom verspäteten Aufwachen erzählt, wenn sie zu lange aufgeblieben war. «Die Geräusche der Straße und des Hauses sind schon lebendig», sagte sie, «man fühlt sich fremd, weil man einen anderen Lebensrhythmus hat, und kommt sich ausgeschlossen vor.»

An einem bestimmten Punkt hatte sie die Stimme gesenkt, als ob sie einen intimen Gedanken preisgeben wollte, und hatte vom Wechsel zwischen Hoffnung und Verzweiflung gesprochen, von ihrer immer vorhandenen Begeisterung und der im Grunde ihres Herzens unerschütterlichen Überzeugung, daß sie für diesen Beruf geschaffen sei. «Ich rannte den Produzenten die Türen ein, saß stundenlang in Büros, in denen ständig Leute ein und aus gingen, ohne mich zu beachten; ich machte Probeaufnahmen, wurde zum Vorsprechen bestellt . . . Wie war das zermürbend! Und das Warten danach! Das Telephon, das nicht klingelt, der Brief, der nie ankommt . . .» Und ihre

Stimme war hart geworden, als sie von der Erniedrigung sprach und von der Panik im Monat Juni, wenn sie kein Engagement für den Herbst hatte. «Dann gab ich», sagte sie, «die Hoffnung auf den großen Regisseur und die große Rolle auf und versuchte nur noch, eine Beschäftigung zu finden, irgendeine, nur um Geld zu verdienen, um nicht arbeitslos zu sein.»

Von ihrem Liebesleben hatte sie nichts erwähnt. Während der Zeit ihres Zusammenlebens hatte Elsa sie die Wochenenden wegfahren sehen, sie bei Morgengrauen heimkommen, sie telephonieren hören. Weiter nichts. ‹Nichts Wichtiges›, hatte sie gedacht.

Jeanne öffnet die Augen und sieht Elsas Blick auf sich gerichtet.

«Was ist?» fragt sie.

«Nichts. Ich dachte an dich.»

«An mich? Wieso?»

«Ich sagte mir, daß für dich alles auf einmal gekommen ist, François und der Erfolg . . . Das Gesetz der Serie . . .»

Jeanne strahlt und holt tief Luft:

«Und jetzt bekomme ich mein Kind, jetzt bekommen wir unser Kind.»

Thomas klappt sein Buch zu und reckt sich:

Ja, es ist etwas Wahres …

«Diese Schweine!» sagt er. «Ich fahr zur Bastide Blanche.»

«Ich will mit», ruft Puck.

«Wir kommen später nach», sagen die Frauen wie aus einem Munde.

Die Sonne ist um die Platane herumgewandert, der Schatten kühl geworden. Jeanne steht auf, sie will etwas spazierengehen, Elsa bleibt allein zurück. Sie hört die «Zauberflöte», die Arie der Pamina vom Anfang des zweiten Akts. Die Platte haben sie in diesem Sommer wieder und wieder gespielt. Die Töne wirken unmittelbar auf ihre Nerven und lassen sie vibrieren, als wären sie Stimmbänder oder die Saiten einer Violine. Erinnerungen, die sich um den Gesang kristallisieren, steigen in Elsa auf . . .

Während des Krieges war sie mit Guillaume in N. Lotte Schoene hatte sich in die gleiche Stadt geflüchtet und erzählte ihnen von den Salzburger Festspielen, bei denen sie unter Bruno Walter die «Zauberflöte» gesungen hatte: «Zuerst hab ich die Pamina und später die Königin der Nacht gesungen.» Manchmal setzte sie sich an den Flügel und sang ein Lied. Ihre Stimme war ungewöhnlich zart, fast zerbrechlich und herrlich rein; Elsa hatte, wenn sie ihr zuhörte, mit Tauperlen besetzte

Spinnweben vor Augen, die in der Morgenluft zittern. «Ich habe nie eine große Stimme gehabt», hatte Lotte gesagt, «aber sie war klar genug, um über das Orchester hinwegzukommen. Ich habe mein ganzes Leben lang gesungen, auch als Kind schon; es ist das einfachste von der Welt, man braucht nur den Gaumen zu heben.» Und sie hatte mit der Hand die Form des wie eine Glocke gewölbten Gaumens angedeutet und dann auf das Zwerchfell gedrückt und auf ihre Rippen und gesagt: «Da sitzt der Blasebalg. Der Weg muß frei sein und den vom Atem getragenen Ton durchlassen. Das ist etwas ganz Natürliches, aber es gehört viel Arbeit dazu und ein ganzes Leben, ja, man muß sein Leben drangeben.»

Jahre später hatte Guillaume in Shanghai eine einzelne alte Schallplatte gefunden, viel schwerer als die heutigen, eine Achtundsiebziger von der «Stimme seines Herrn» mit dem roten Klebeschild und dem Hund, der vor dem Trichter eines Phonographen sitzt. Es war die Arie der Pamina gewesen, gesungen von Lotte Schoene. Woher kam sie, und wie war sie in den Trödelladen in Shanghai gelangt? Sie hatten sie fast jeden Tag gehört, im Winter vom Bett aus, im Sommer vor den auf Nankings Nächte geöffneten Fenstern. Sie wohnten damals im letzten Stockwerk eines Wohnhauses in einer Straße, in der bebaute und unbebaute Grundstücke und bestellte Felder miteinander abwechselten. Sobald die Sonne untergegangen war, erschienen schnellfüßige schweigsame Männer, die an einer über die Schultern gelegten Stange zwei hölzerne Eimer herbeitrugen, und sobald sie den Inhalt auf den beackerten Boden ausgossen, verbreitete sich der Geruch menschlichen Düngers in der Luft.

Feuchte Wärme, Ausdünstungen von Fäkalien und Lotte Schoenes Stimme – Elsa kann heute noch nicht eines vom anderen trennen . . .

Die Platte ist abgelaufen. Elsa dreht sie um. Die Pamina ist Pilar Lorengar.

Die Sonne geht unter, langsam zieht sie ihren goldenen Schleier von den Weinstöcken und von den Kronen der Schirmpinien, und noch einige Augenblicke lang hat das Licht die gleiche Zärtlichkeit wie die Stimmen von Tamino und Pamina. Danach kommt das Blau der Nacht. Der Faden der Erinnerung und der Erinnerung an die Erinnerung; hat man ihn einmal aufgenommen, weiß man nicht, wohin er einen führt: Zum letztenmal hatte sie Guillaume im Winter gesehen, in der Straße, in der sie wohnte. Im Frühjahr darauf sollte er sterben. Sie war von der Arbeit zurückgekommen, und er schlenderte den gegenüberliegenden Gehsteig entlang, blieb oft stehen und blickte in die Schaufenster der Buchhandlungen. Sie war langsam gegangen, um hinter ihm zu bleiben, und sie hatte sich gefragt, ob er sie wohl gesehen hatte, und ob die Bücher nur ein Vorwand waren, um auf sie zu warten. Sie hatten sich so viele Jahre nicht mehr wirklich gesprochen, und sie hatten sich einmal fast bis auf den Tod geliebt und gequält. Sie sah ihn gehen und stehenbleiben und sich zum Schaufenster vorbeugen. Konnte man Haut an Haut gelebt, mit Lippen und Zunge jede Stelle des anderen Körpers erkundet, die gleichen Ideale gehabt haben, ohne daß etwas davon zurückgeblieben war, ohne daß dieses Vergangene einen irgendwo mit einer unsichtbaren, aber unauslöschlichen Schrift gezeichnet hatte? O ja, wir sind grausam und treulos, alle wie wir da sind, und die größte Zärtlichkeit kann immer in Härte umschlagen. Er hatte oft gesagt: «Ein zum Tode Verurteilter sollte schreien, er sollte sich wehren. Ich bin gegen die Würde.» Wenn ein Schaufenster sein Gesicht beleuchtete, hatte Elsa sein etwas voller gewordenes Gesicht, die Falten um die Augen und auf den Wangen gesehen und die Fülle seines fast schwarzen Haars. Sie war ihm durch Licht- und Schattenzonen gefolgt. Er ging leicht vornübergebeugt und wirkte massiver als früher, aber sein Gang war noch der gleiche und auch die Art, wie er, einem witternden Tier ähnlich, den Kopf zurückwarf und die Nase vorstreckte. Schließlich war Elsa seinem Beispiel gefolgt: sie hatte ihn überholt und war dann vor einem Geschäft stehengeblieben. So war mal der eine, mal der andere vorausgegangen, bis sie ihn plötzlich nicht mehr gesehen hatte; er mußte rechts in eine kleine Nebenstraße eingebogen sein, während sie voraneilte. Sie hatte gedacht, er würde vielleicht am nächsten Tag anrufen und ihr sagen, er meine sie gesehen zu haben, oder auch von irgend etwas anderem sprechen, ohne das Zusammentreffen zu erwähnen. Aber er hatte nicht telephoniert. Und Monate später hatte François ihr mitgeteilt, daß Guillaume gestorben sei . . .

Elsa hört Jeannes Schritte, sieht sie herankommen und aus der Sonne in den Schatten treten, der schon das Haus umgibt. Jeanne stellt einen Korb voller Tomaten, Gurken und Feigen auf den Tisch.

«Ich pflücke noch Basilikum», sagt Elsa, «und dann können wir zum Strand gehen.»

«Ja», sagt Jeanne, «der Wind hat sich gelegt.»

III

Ein Septembertag wie jeder andere. Die üblichen Fragen: wohin gehen wir heute, auf die Felsen oder an den Strand? Wann? Nehmen wir ein Picknick mit oder nur Obst?

Elsa und Jeanne wiegen sich jede in einer Hängematte, Puck treibt sich bei den Lavendelstauden herum und beugt sich manchmal über die Blüten, um die kleine blaue, rostrotgetupfte Schmetterlinge tanzen, von denen man sagt, sie lebten nur in reiner Luft. Er fängt sie mit erstaunlicher Leichtigkeit und unerwartet vorsichtig zwischen seinen hohlen Händen, paßt auf, daß er sie nicht zerdrückt und den Staub ihrer Flügel nicht beschädigt, läuft dann zu den Frauen, ruft: «Ich hab einen!», öffnet die Hände abwechselnd vor der einen oder anderen und schenkt ihnen den Flug des befreiten Schmetterlings.

Das Telephon klingelt. Jeanne geht an den Apparat. Elsa sieht durch das Laub hindurch, wie sich ihr Gesicht verändert, ihr Körper sich zusammenzieht, wie sie sich mit offenem Mund setzt und keinen Laut über die Lippen bringt. Alles Blut ist aus ihrem Gesicht gewichen, die Haut scheint an den Knochen zu kleben, so sehr sind die Muskeln im Bruchteil einer Sekunde erschlafft. Elsa ist aufgesprungen und hat den zweiten Hörer genommen. Eine Männerstimme: «. . . die Nachricht ist gestern von einer amerikanischen Agentur durchgegeben worden. Das Auswärtige Amt hat angerufen, um den Tod zu bestätigen. Ich hatte Sorge, Sie könnten es in der Zeitung lesen oder am Radio hören, es ist heute morgen durchgesagt worden. Es muß gestern morgen in einem der Vororte geschehen sein. Hören Sie? Hallo, hallo?» Elsa sagt: «Wir hören.» – «Ich dachte, wir wären unterbrochen», sagt die Stimme. «Es war wohl ein Nachhutgefecht. Wir wissen noch nichts Genaues, noch keinerlei Einzelheiten. Wir rufen wieder an, sobald wir etwas erfahren. Wir halten Sie auf dem laufenden.»

Jeanne rührt sich nicht, sie starrt vor sich hin. Elsa nimmt die Hörer und hängt sie ein. Sie fallen sich in die Arme. Jeannes Gesicht ist fleckig, stoßweises Stöhnen dringt aus ihrer Kehle. Puck kommt zu ihnen:

«Ich hab zwei auf einmal gefangen», sagt er.

«Geh zu Thomas und weck ihn auf. Geh schnell!» sagt Elsa.

«Das mag er aber nicht. Er wird schimpfen», sagt der Kleine.

«Doch, doch, geh schnell, bring ihm die Schmetterlinge.»

Die beiden Frauen gehen umher, sie treten vors Haus, kommen wieder herein. Jeanne nimmt mechanisch Teller und Tassen vom Tisch und trägt sie in die Küche, Elsa geht mit Butter und Marmelade hinterher.

Jeanne liegt ausgestreckt auf ihrem Bett. Elsa hat sie nur wenige Augenblicke allein gelassen, um Thomas die Nachricht zu bringen. Er hat nichts gesagt, ist bis zur Schwelle ihres Zimmers gekommen und im Türrahmen stehengeblieben, um den reglos daliegenden Körper, das verschlossene Gesicht zu betrachten. Puck steht neben ihm mit hochgerecktem Kopf, klammert sich mit einer Hand an Thomas' Kinn, damit er sich zu ihm hinunterbeugt, und fragt immer wieder:

«Warum ist er tot? Sag doch, warum ist er tot?»

«Das wissen wir nicht, das weiß niemand», murmelt Elsa.

Jeanne scheint nichts zu hören . . .

Elsa hat ihren Sohn gebeten, Puck mitzunehmen und sich um ihn zu kümmern. Die beiden Frauen sind allein geblieben, außerhalb der Zeit. Das Telephon hat oft geläutet, die Nachricht ist schon bekannt. Jeanne will mit niemandem sprechen, darum hat Elsa jedesmal geantwortet. Die Agentur hat sich nicht mehr gemeldet.

Die Stunden vergehen, ohne daß sie es merken. Manchmal steht Elsa auf, um Jeanne die Hand zu streicheln. «Willst du nichts trinken?» Jeanne schüttelt den Kopf. Elsa würde gern etwas sagen, wagt es aber nicht, die Stille zu unterbrechen. Als die Sonne zur Tür hereinscheint, weiß sie, daß es Nachmittag geworden ist. Sie zieht die Läden zu, weil das grelle Licht Jeanne blendet.

Gegen Ende des Tages kommt Monsieur C. mit zwei Helfern, um Traktor und Anhänger für den Transport der Trauben fertig zu machen, am nächsten Morgen soll die Ernte beginnen. Die Männer sehen Elsa durch das offene Fenster und grüßen ungewöhnlich ernst: sie wissen Bescheid. Puck ist bei ihnen und hilft, am Anfang jeder Reihe von Weinstöcken Eimer und Körbe bereitzustellen. Elsa hört ihre Stimmen aus immer anderen Richtungen, die ernsthafte Kinderstimme deutlich gegen die Männerstimmen abgesetzt, und sie hört auch das Klavier herüberklingen, solange keine zu lauten Autos auf der Landstraße vorüberfahren. Um diese Stunde spielt Thomas tagtäglich das Präludium und die Fuge Nr. 45 in B-Dur. Bevor sein Klavier eintraf, hat er sich die beiden Stücke immer auf einer selten gewordenen Platte von Edwin Fischer angehört. Er setzte sich dazu quer über die Liege, mit dem Rücken zur Wand, legte sich ein Brett als Klaviatur über die Knie, die Noten daneben, und sang die verschiedenen Stimmen, während er auf den nicht vorhandenen Tasten spielte.

Nach einer Weile steht Elsa auf und geht zum Fenster. Von dort kann sie das Cabanon sehen: Thomas hat kein Licht gemacht, ein Vorübergehender könnte beide Häuser für unbewohnt halten. Es ist die Dämmerstunde, in der Médor gern herumstreunte. Sobald allerdings die Nacht hereinbrach, wurde er unruhig, besonders seit er blind war. Dann wandte er sich dem schon dunklen Tal zu und bellte in regelmäßigen Abständen, als ob er auf eine Antwort wartete.

Die Männer und das Kind kommen und gehen. Ihre Stimmen nahe beim Haus müßten eigentlich beruhigend wirken, aber heute abend vermögen auch sie weder die Last der Einsamkeit zu mildern noch die Anwesenheit des Todes vergessen machen.

‹Tot ist der, den ich geliebt habe, tot Guillaume und tot, ja vielleicht schon begraben, ist nun François, und auch der alte Hund liegt wenige Meter von hier unter der Erde ... Nie werde ich mich daran gewöhnen, nie werde ich den Tod für etwas Natürliches halten können›, denkt Elsa. Die Welt erscheint ihr wie ein unendlicher Friedhof, wo wenige Lebende über unzähligen Toten umhergehen; der Gedanke, daß alles Leben – Körper und Herz, Auge und Blick, Lippe und Lächeln – zur Erde zurückkehrt, um von ihr aufgenommen und verwandelt zu werden, ist Elsa an diesem Abend von neuem unerträglich.

Das Klavier verstummt. Thomas kommt mit einem Korb Weintrauben ins Zimmer und setzt sich neben dem Bett auf den Fußboden: «Ich möchte, daß du etwas ißt», sagt er und schiebt Jeanne eine Beere nach der anderen zwischen die Lippen. Sie scheint wieder zu sich zu kommen, wirft einen erstaunten Blick auf Thomas und bricht fast gleichzeitig in Schluchzen aus. Er rührt sich nicht, wartet, trocknet ihre Tränen und versucht von neuem, sie zum Essen zu bewegen.

Elsa verbringt die Nacht bei Jeanne, eine schlaflose, trostlose Nacht. Jeanne atmet kaum und unregelmäßig und gibt kleine Geräusche von sich, wenn sie schluckt oder sich mit der Zunge über die Lippen fährt; hin und wieder aber hält sie den Atem an, bevor sie wimmernd aufstöhnt. Ihr Körper liegt bewegungslos, wie versteinert da, nur ihre Hände bewegen sich und ziehen manchmal die Arme mit, die sekundenlang durch die Luft oder durch unsichtbares Wasser rudern, bevor sie wieder auf das Laken sinken. Immer wieder setzt Elsa sich zu ihr und streicht ihr über das Haar oder küßt ihre Hand. ‹Sie ist woanders›, sagt sie sich, ‹sie ist kopfüber in das Grauen gestürzt, in einen bodenlosen Raum, wo niemand und nichts ihr beistehen kann.›

Mitten in der Nacht bittet Jeanne, Elsa möge Licht machen. Jeannes Gesicht ist fast unkenntlich, vom Entsetzen entstellt. Elsa gibt ihr zu trinken, stützt ihr den Kopf und hält das Glas an ihre Lippen.

«Danke», sagt Jeanne und fällt in die Kissen zurück, einige Minuten später sagt sie dann, und es macht den Eindruck, als ob aus dem Unterbewußtsein ein Gedanke zutage tritt und sich in Worte kleidet: «Ich möchte ihn sehen . . . wo ist er? Wo haben sie ihn hingebracht . . . nicht er . . . ich will nach Haus.»

Sie sind allein, Puck schläft bei Thomas im Cabanon. Er ist am Abend hereingekommen, um Jeanne zu sehen, aber ihr Schweigen hat ihm Angst gemacht.

Die Nacht tropft langsam dahin. Es ist noch dunkel, als sie die rauhen Stimmen der ersten Elstern hören, die geräuschvoll in die Weinstöcke fliegen. Als endlich der Morgen heraufzieht, wird Elsa vom Schlaf überwältigt. «Ruh dich aus», sagt Jeanne. Elsa schließt die Augen und hört, schon halb im Schlaf, Jeanne sagen: «Gestern um diese Zeit war er schon tot und ich war so glücklich!»

Die Weinleser wecken sie, als die Sonne noch hinter dem Hügel steht. Jeanne blickt Elsa mit starren Augen an.

«Ich will abreisen», sagt sie, «ich will zum Außenministerium. Vielleicht bekomme ich die Erlaubnis hinzufahren, laß uns die Agentur anrufen.»

«Nimm ein Bad und zwing dich, etwas zu essen. Danach tu ich, was du willst.»

Sie läßt sich von Elsa waschen wie ein kleines Kind. In weniger als vierundzwanzig Stunden ist Jeanne trotz ihres runden Bauches, trotz ihrer kupfernen Haar- und Hautfarbe wieder die verlorene, sich treibenlassende Nina aus der «Möwe» geworden, wie sie nach dem Tod ihres Kindes und Trigorins Versagen zu Sorin zurückkehrt. Sie läßt alles mit sich geschehen, streckt folgsam ein Bein oder einen Arm aus und hebt die Haare, um Nakken und Schultern frei zu machen.

«Wir wollen die Agentur anrufen», wiederholt sie. Sonst sagt sie nichts. Es sieht fast so aus, als schliefe sie, als Elsa ihr jedoch das Gesicht abspült, sieht sie, daß Jeanne weint. Sie tut, als hätte sie nichts gemerkt. Nach einer Weile beginnt Jeanne zu sprechen, als spräche sie zu sich selbst, die Worte fließen so leise wie ihre Tränen. Elsa macht das Fenster auf, und die laue Morgenwärme strömt herein. Im Tal unten kommt der Traktor langsam voran, er sammelt die vollen Körbe ein, während unter den Korkeichen die Pferde nach einigen noch grünen Grashalmen suchen. Elsa setzt sich auf den Rand der Badewanne und hört Jeannes Monolog zu:

«Ich weiß nicht», sagt sie, «ich weiß nicht . . . hab ich ihn glücklich gemacht? Er kann . . . nein, er konnte . . .»

Sie verbessert sich:

«Ich muß sagen: er konnte . . .»

Und sie fährt fort:

«Er konnte manchmal etwas Unnahbares haben, das ganz plötzlich ohne sein Zutun hervortrat. Dann war er wie abwesend, und seine Augen, seine Bewegungen wurden anders. Er zwang sich dann wohl zum Lachen, als ob er sagen wollte: ‹Laß mich, ich komm wieder›, aber es war, als ob er ganz unvermutet das Unvollkommene im Menschen unerträglich fände . . . Einmal hab ich zu ihm gesagt: ‹Man könnte meinen, du glaubst an die Erbsünde.› Er hat darauf nichts gesagt, er hat mich bloß angesehen. In solchen Augenblicken schien er von einer Art biologischer Traurigkeit befallen, ich meine, nicht einmal die Liebe konnte ihn daraus erlösen. Ich ließ ihn dann in Ruhe und war vorsichtig mit dem, was ich sagte, aber manchmal hatte ich Lust davonzulaufen, ich spürte, wie seine Traurigkeit auf mich überging, und davor hatte ich Angst. Er wußte, daß ich es wußte, und wir ließen es bei diesem Einvernehmen . . . Wir suchten die Vollkommenheit und haben sie manchmal auch erreicht. Seit fast einem Jahr war die Traurigkeit nicht mehr wiedergekommen, und ich dachte, sie würde vielleicht nie mehr wiederkommen . . .»

Elsa hört sie mit tonloser Stimme sprechen, als ob sie Selbstverständliches sagt wie «die Erde dreht sich um die Sonne» oder «man muß essen, um zu leben». Und während Jeanne spricht, sieht Elsa François vor sich, tot, vielleicht entstellt; eine Leiche, wie man sie täglich im Fernsehen zeigt; ein junger Mann, der auf dem Rücken oder auf dem Bauch liegt, das Gesicht in einer Blutlache, um ihn verstreut seine Photoapparate, wenn sie nicht schon von den Kindern, die Krieg und Sterben spielen, gestohlen sind . . .

Der Traktor kommt langsam vom Tal herauf, ein Pferd wiehert, und in der Ferne, auf der Höhe des Hügels, fällt ein Schuß; die Tür vom Cabanon fliegt auf und Puck ruft: «Guten Morgen! Ich geh zur Weinernte!» Thomas beginnt zu spielen.

«Heute ist Sonnabend», sagt Elsa.

Es ist ihr eben eingefallen. Sonnabend und Sonntag sind die Tage der Jäger.

Jeanne sieht um ihren Körper das Wasser sinken und nach und nach ihren Leib auftauchen:

«Ich will nach Haus», sagt sie.

«Gut, dann fahren wir morgen. Montag sind wir in Paris.»

Jeanne steht auf, und Elsa bespritzt sie mit frischem Wasser, trocknet sie ab und reicht ihr ein Kleid. Jeanne schweigt wieder. Zusammen gehen sie die Treppe hinunter, aber die schattige Kühle des Erdgeschosses, die sie sonst so gern haben, ist ihnen heute unheimlich.

«Ich möchte wieder in mein Zimmer zurück», sagt Jeanne.

Elsa stößt sie fast hinaus.

«Du mußt nach draußen, du mußt dich bewegen.»

«Ich weiß nicht, ob ich es durchstehen werde», murmelt Jeanne.

Sie setzen sich zu beiden Seiten des Tisches auf die steinernen Bänke. Jeanne blickt sich um.

«Bleib sitzen. Ich mache alles fertig», sagt Elsa.

Oberhalb des Hauses fährt der Traktor vorbei, er kommt von der Cooperative zurück. Puck, der neben dem Fahrer sitzt, winkt herüber, aber Jeanne sieht es nicht, ihre Gedanken sind mit den Schüssen und dem Gebell der Hunde beschäftigt, die von den Jägern durch Zurufe angefeuert werden. Elsa kommt zurück:

«Sie verfolgen ein Wildschwein», sagt sie, «man hat seine Spuren in Battinis Weinberg gefunden.»

Jeanne steht auf und will hineingehen, aber im gleichen Moment steht Thomas vor ihnen, sie haben ihn gar nicht kommen hören. Er zwingt Jeanne, sich wieder hinzusetzen und läßt seine Hände eine Weile auf ihren Schultern ruhen.

«Ich will ein paar Muskattrauben pflücken, bevor sie alles abschneiden», sagt er dann und geht zu den oberen Reben.

Die beiden Frauen schweigen, jede wartet auf

die Schüsse, aber sie hören ganz andere Geräusche: das Brechen des Brotes, die Tasse, die Elsa auf den Tisch stellt, die Stimmen der Weinleser, das Rattern des Traktors, die Schritte der Jäger, die sich auf der Straße sammeln und die Hunde zurückrufen.

«Bitte iß etwas . . .» sagt Elsa.

Eine Wespe schwirrt um die Aprikosenmarmelade, Elsa verjagt sie, beobachtet Jeanne, die ihr starr gegenübersitzt, und eine Erinnerung, eine in Gold getauchte Erinnerung steigt vor ihr auf:

Alles war an jenem Tag golden gewesen: Jeannes Haar, ihre Haut, ihre Augen, ihr von der Sonne gebleichtes, lachsfarbenes Kleid, die Früchte im kupfernen Kessel, der Holzlöffel, mit dem Jeanne die kochend heißen Aprikosen umrührte, während François die Gläser bereitstellte, die Nachmittagssonne, deren Strahlen durch das Geißblatt hindurch in die Küche fielen und sogar die Stimmen von Tamino und Pamina. Thomas saß auf der Treppe mit dem Rücken zum Lavendel und sang mit ihnen um die Wette, neben ihm der Hund. Puck hielt Jeanne eine Schale hin und bettelte um etwas Marmelade. «Verbrenn dir nicht die Zunge», sagte sie, füllte ihm einen Löffel voll ab und blies zum Abkühlen darüberhin. Puck schlängelte sich aus der Küche, lief die Treppe hinauf, und setzte sich neben Thomas. Eine doppelte Reihe Ameisen wanderte von der letzten Treppenstufe zu den Lavendelstauden, Puck stellte ihnen seine leere Schale in den Weg und wartete. Sobald sich genug Tiere darin gesammelt hatten, goß er Wasser hinein. «Das ist idiotisch», sagte Thomas, «erst fütterst du sie, und dann bringst du sie um. Laß sie in Ruhe!» – «Sie ertrinken ja nicht, sie können schwimmen», verteidigte sich Puck. Er sah zu, wie sie zappelten, und je nach Laune goß er das Wasser aus, oder er ließ sie sterben. «Das ist wirklich zu idiotisch», hatte Thomas noch einmal gesagt, und Puck war böse geworden: «Es gibt Ameisen, die beißen, und die muß man totmachen. Ihr macht ja auch die Hornissen tot!» – «Das ist etwas ganz anderes.» . . .

Es hatte im August so viele Hornissen gegeben, daß sie eine Falle aufgestellt hatten, eine Flasche mit süßem Saft und überzuckertem Rand. Die Flasche war voller Hornissenleichen, auf denen die noch lebenden Tiere Halt suchten. Oft summten sie lange, ja, Elsa hörte sie zeitweilig noch nachts von ihrem Zimmer aus, und es quälte sie. Sie schwankte dann, ob sie aufstehen sollte, versuchte aber, vernünftig zu sein: Gewiß, töten mußte man sie, aber konnte man es nicht schneller tun? Und sie hatte sich auch gesagt, daß es lächerlich war, sich bei allem, was in der Welt geschah, über den Tod einer ekelhaften Hornisse Gedanken zu machen . . .

«Der Stich einer Hornisse ist gefährlich und tut sehr weh», hatte sie Puck erklärt.

«Wie weh?»

«Wie wenn du von einem glühenden Eisen gebrannt wirst.»

«Bist du schon einmal von einem glühenden Eisen gebrannt worden?»

«Nein.»

Und Puck hatte jeden gefragt:

«Bist du schon mal mit einem glühenden Eisen gebrannt worden?»

Nein, niemand. Er hatte weiter gefragt:

«Bist du schon einmal von einer Hornisse gestochen worden?»

Nein, niemand war gestochen worden. «Doch», hatte Elsa gesagt, «Médor, und er hat lange geheult, und dann mehr als eine Stunde lang gewinselt, wir haben gedacht, er müsse sterben. Thomas war damals fast so alt wie du jetzt . . .»

«Wo ist er gestochen worden?»

«An der Pfote.»

Puck war zu Médor gelaufen und hatte ihn am Halsband herbeigezerrt. Elsa hatte ihm die Stelle gezeigt:

«Man sieht gar nichts mehr», hatte der Kleine gesagt.

«Aber das ist ja auch schon lange her! Du warst noch gar nicht auf der Welt. Antoine kannte Catherine noch nicht einmal.»

«Man hat ihm aber nicht die Pfote abgeschnitten. So furchtbar schlimm ist es nicht gewesen.»

Schließlich hatte Thomas gesagt:

«Halt endlich den Mund und laß mich meine Musik hören. Steck doch deine Hand in die Flasche und laß dich stechen, dann weißt du's!»

Puck hatte die Achseln gezuckt und war nach einem leichten Zögern wütend in Tränen ausgebrochen.

«Du willst, daß es mir weh tut. Niemand von euch mag mich leiden, ich könnte doch sterben, wenn ich gestochen werde. Ich will zu meinen Eltern!»

Glücklicherweise war eine Hornisse in seine Nähe gekommen, und er hatte sich in Elsas Arme geflüchtet, sie waren beide aufgestanden, hatten sich zusammen in die große Hängematte gelegt, und Puck war sofort eingeschlafen.

Später hatten sie alle auf der Treppe gesessen und auf die Nacht gewartet. Lange war der Himmel hell geblieben. «Die Nacht senkt sich nicht herab, sie steigt herauf», hatte Elsa gesagt. Und Jeanne hatte mit der Ernsthaftigkeit einer Liebeserklärung François versprochen . . .

«Ich werde dir Feigenmarmelade mit Nüssen kochen . . .»

Thomas kommt mit weißen und blauen Muskattrauben zurück, die er unter dem Wasser des Brunnens abspült, bevor er sie Jeanne hinstellt. Die Erinnerung an den Tag, an dem selbst die Hornissen schön wie Gold gewesen sind, verschwindet, und Elsa lächelt Thomas zu, oder vielmehr sie blickt ihn mit so viel Zärtlichkeit an, daß man nicht unterscheiden kann, wieviel Liebe und wieviel Kummer in diesem Blick liegt. Sie spürt, wie er sie ohne viel Worte versteht. Er beobachtet Jeanne und hört schweigend zu, wie sie, auf die Trauben starrend, immer wiederholt: «Es ist nicht wahr, es kann einfach nicht wahr sein . . .»

. . . «Ich sag mir immer vor: Das ist nicht wahr, es kann nicht wahr sein, ich sag es so lange, bis ich nicht mehr weiterkann, und dann sag ich mir das Gegenteil: Er ist tot, er ist tot, er ist tot. Aber es kommt ein Moment, wo das so unerträglich wird, daß ich wieder anfange zu sagen, es kann doch nicht wahr sein.»

Wie eine Welle überkommt Elsa die Erinnerung an die erste Nacht ihres großen Unglücks: Es war in einem Krankenhauszimmer. Die Wände waren weiß und glänzend, die ganze Nacht hindurch hat sie auf diese Wände gestarrt, hat gesehen, wie sie sich bewegten, wie sie einstürzten oder auf sie zukamen, um sie zu erdrücken, und hat sich immer wieder gesagt: ‹Es ist nicht wahr, es kann nicht wahr sein, er muß nicht sterben, das ist unmöglich!› Und er hat unterdes nebenan geschlafen . . .

«Wir fahren morgen früh», sagt Elsa. «Bleibst du noch hier, Thomas, oder kommst du mit?»

«Ich komme mit.»

«Ich möchte Nachrichten hören», sagt Jeanne.

«Ich hab sie schon gehört. Es gibt nichts Neues. Die Kämpfe sollen aufgehört haben.»

«Das behaupten sie», sagt Elsa.

Das Telephon klingelt. Die Agentur kann es nicht sein, sie ist sonnabends geschlossen. Jeanne beharrt darauf, daß sie mit niemand sprechen will, und so beschließen sie, nicht abzunehmen.

«Ich komm mit dem Motorrad nach», sagt Thomas.

Im Wald fallen noch mehrere Schüsse. Jeanne

steht auf. Sie zittert und geht davon, als sei sie auf der Flucht. Thomas folgt ihr. Elsa wartet, ob sie vielleicht beim Cabanon stehenbleiben, Thomas schlägt das auch vor, aber Jeanne sagt, es sei ihr unmöglich, Musik zu hören. Es wird ein Morgen ohne Klavier und ohne Platten, der erste in diesem Sommer. Die beiden bleiben eine Weile dort stehen, wo die Wiese zu den Weinbergen hin abfällt. Puck läuft unten im Tal zum Waschhaus, trinkt etwas Wasser und füllt eine Flasche, die er zwei Weinlesern bringt. Thomas kennt sie nicht, obwohl sie in seinem Alter zu sein scheinen, aber er erlebt die Weinernte zum erstenmal; solange er zur Schule ging, hatte er immer abreisen müssen, bevor der Wein reif war.

Elsa trägt die Stühle in die Garage; im Vorübergehen sieht sie zu den beiden unbeweglichen Silhouetten hinüber, Jeanne stützt sich das Kreuz mit beiden Händen.

Jedes Jahr ist der Aufbruch im September wieder ein Losreißen, das mit dem ersten Aufräumen beginnt und in dem allerletzten Augenblick gipfelt, in dem Elsa den elektrischen Zähler ausschaltet – ein Geräusch wie ein Fallbeil! Danach durchquert sie dann das Erdgeschoß beim Licht einer Taschenlampe, schließt die Haustür hinter sich, dreht den Schlüssel um und geht zum Auto, und ihre Beine kommen ihr jedesmal vor wie die Schneiden einer Schere, die sie mit jeder Bewegung, mit jedem Schritt vom Sommer abtrennt . . .

Aber heute ist noch keine Zeit für solche Gefühle. Bestimmte Sachen müssen noch getan werden, und sie tut sie. Ihre Gedanken weilen beim Tod, aber diesmal auf eine unwirkliche Art, vielleicht, weil sie François nicht tot gesehen hat.

Sie verbringt mehrere Stunden damit, Ordnung im Hause zu machen; sie zählt die schmutzige Wäsche, schüttelt die Wolldecken aus und legt sie zusammen; sie füllt die Körbe, stopft Kleider und Bücher in die Koffer. In der Küche räumt sie den Kühlschrank aus, macht ihn sauber und reinigt gleichzeitig Backofen und Herd. Danach fegt sie aus. Zwischendurch geht sie zu Jeanne hinauf. Thomas sitzt auf der Fensterbank. Elsa ist erstaunt über seine Augen, solch einen Ausdruck hat sie noch nie darin gesehen. Jeanne klagt über Schmerzen. Elsa rät, sie solle ruhig liegenbleiben, sie werde später wiederkommen, um die Koffer zu packen.

Was wird Jeanne tun? fragt sie sich. Die Reise

antreten, sich bei ihr einquartieren oder sofort in die leere Wohnung zurückkehren?

Draußen faltet Elsa die Hängematten zusammen und legt über den Tisch einen Plastikbezug. Gegen Mittag fällt ihr ein, daß sie den Briefkasten hereinholen muß, auch das gehört zum Ritual des letzten Tages. Sie findet einen in Mexiko aufgegebenen Brief von Volodia und liest ihn im Zurückkommen. Er ist kurz und zärtlich: Er hat es einrichten können, eine Woche mit ihr zu verbringen, bevor er am ersten Oktober zu einer internationalen Tagung nach Genf reisen muß. Er wird am einundzwanzigsten oder zweiundzwanzigsten ankommen und von Nizza oder Marseille anrufen, damit sie ihn abholen kann.

Der einundzwanzigste ist Montag, sie wird ihn also nicht sehen, aber ihr Herz hat schneller geschlagen, das ist das Wichtige. Nahe beim Haus angelangt, hebt sie den Kopf und sieht Thomas, der ihr aus dem Fenster entgegenblickt.

Als Jeanne das Fruchtwasser verliert, beschließen sie, zum Krankenhaus zu fahren. Es ist drei Wochen vor der Zeit.

Puck ist von der Weinernte müde geworden und schläft schon, als Thomas ihn zum Auto trägt und ihn auf den Rücksitz legt. Bis zur Stadt sind es zehn Kilometer. Thomas nimmt sein Motorrad. Während der Fahrt hat Jeanne mehrmals Schmerzen, die sie aufstöhnen lassen, dazwischen sitzt sie still und bewegungslos da, wie von ihrem Körper losgelöst. Sobald sie in die Ebene kommen, bittet sie, anzuhalten. Elsa hält neben einem Treibhaus, in dem Rosen gezüchtet werden. Das Meer kann nicht weit sein, aber weder ein Geruch noch das Geräusch von Wellen verraten seine Nähe, man kann nur Weinstöcke erkennen und einzelne, verstreut liegende Häuser, aus denen Licht fällt. Thomas kommt, um zu fragen, was los sei; er hört Jeanne stöhnen, geht aber nicht zu ihr, sondern fragt seine Mutter: «Ist das normal?» Sie weiß nicht, was sie antworten soll.

Das Krankenhaus liegt am Eingang der Stadt; es besteht aus mehreren kleinen Pavillons, die durch Anlagen voneinander getrennt sind. Elsa ist noch nie hier gewesen. Sie hält vor der Notaufnahme. Ein Krankenwagen ist eben vorgefahren und bringt einen Verletzten. Während sie Jeanne beim Aussteigen hilft, wird er auf einer Bahre an Elsa vorübergetragen, schreiend wirft er den Kopf hin und her. Er ist noch keine zwanzig Jahre alt. Zwei oder drei Personen warten vor dem Aufnahmeschalter; Stühle stehen aufgereiht an der Wand, Jeanne setzt sich erschöpft, wenige Meter von ihr entfernt schreit der junge Verletzte, er scheint nicht bei Bewußtsein zu sein und stößt im Rhythmus seines hin und her rollenden Kopfes unverständliche Wörter hervor, dann wird ein Name erkennbar: «Janet.» Der Junge wiederholt ihn mehrere Minuten lang mit der Regelmäßigkeit eines Uhrwerks: «Djanet, Djanet, Djanet, Djanet, Djanet!» Er hört erst auf, als ihm der Atem ausgeht. Am Schalter, vor Elsa, gibt ein Polizist den Namen des Verletzten an und schimpft auf die jungen verrückten Motorradfahrer. ‹Das könnte auch Thomas sein›, denkt Elsa. Sie selbst hat ihm vor etwa drei Monaten nach Abschluß der Schule ein Motorrad geschenkt, eine dreihundertfünfzig Kubik, von der er schon lange geträumt hatte. Er war noch etwas zu jung gewesen für den Führerschein und hatte es einen Monat lang in Paris in seinem Zimmer an die Wand genau zwischen Bett und Tisch gestellt, so daß er es immer sehen konnte. Und oft hatte Elsa ihn ausgestreckt, mit hinter dem Kopf verschränkten Armen, auf dem Bett liegend, gefunden, wie er Musik hörte und dabei die schöne Maschine betrachtete, die er bald besteigen würde.

Elsa blickt zu dem jungen Amerikaner hinüber, der vielleicht in dieses kleine Krankenhaus am Mittelmeer gekommen ist, um zu sterben. Über ihn hinwegblickend sieht sie Jeanne, die steil aufgerichtet mit zusammengebissenen Zähnen auf ihrem Stuhl sitzt und sich die Hände in den Rücken preßt, und sie muß an François denken, der gestorben ist, während sie hier glücklich gewesen und zwischen Sonne und Schatten, zwischen Meer und Wald umhergestreift sind.

Sobald sie die Formalitäten erledigt hat, geht Elsa zu Jeanne zurück und schlägt ihr vor, draußen auf und ab zu gehen, bis sie gerufen wird, Thomas wäre beruhigt, wenn er sie sähe, er ist beim Auto geblieben. Aber Jeanne ist zu müde und zieht es vor, sich nicht zu bewegen; Elsa setzt sich neben sie und hält ihre Hand. Wenn eine Wehe einsetzt, beginnt sie instinktiv so zu atmen, wie sie es bei ihren eigenen Entbindungen gelernt hat, und Jeanne macht es ihr einige Minuten lang nach, fällt dann aber wieder in ihre Passivität zurück. Sie scheint erschöpft und weit fort. Schließlich kommt eine Schwester, um sie zu holen und führt sie weg.

Der junge Mann wartet immer noch auf seiner Bahre, er bewegt den Kopf nicht mehr, seine Augen sind geschlossen und er wimmert bei jedem Atemzug.

Elsa geht zu Thomas hinaus, Puck schläft friedlich.

«Wann wird sie niederkommen?» fragt Thomas.

«Ich weiß es nicht. Warum fährst du nicht nach Hause zurück?»

«Ich bin nicht müde.»

Elsa betrachtet ihren Sohn, und wieder, wie heute morgen, findet sie ihn verändert.

«War François in einer Partei?» fragt er.

«Nein, ich glaube nicht. Guillaume war lange Mitglied der KP, ist aber 56 ausgetreten.»

«Was war 56?»

«Ungarn.»

«War er politisch aktiv?»

«Auf seine Weise ja.»

Sie erzählt ihm, wie François sie eines Abends unerwartet besucht hat. Es war nach Guillaumes Tod, aber noch bevor er Jeanne kennenlernte. Er schien ganz durcheinander. Keine Partei befriedigte ihn, hatte er gesagt, und er wolle doch irgend etwas tun, irgendwie nützlich sein. «Er arbeitete damals schon als Photograph für eine Wochenzeitung, aber er ist dann von da weggegangen zu der Presseagentur, weil er dorthin geschickt werden wollte, wo gekämpft wurde. Er hat immer das Photo von Capa bei sich gehabt.»

Elsa hat sich Thomas gegenübergesetzt; es ist das erste Mal seit langer Zeit, daß er Fragen stellt.

«Und Jeanne? Ist sie in einer Partei?»

«Ja, Jeanne ist in der KP. Sie sagt, es ist nicht mehr so wie früher. François hat es nie gewollt, wahrscheinlich weil Guillaume so schlechte Erfahrungen gemacht hat. Sie haben, wie Jeanne sagt, endlos darüber diskutiert. Ihre Eltern haben sich nie für Politik interessiert.»

Thomas blickt zum Himmel hinauf und senkt dann den Kopf:

«Ich bin wirklich ein mieser Typ», sagt er.

Seine Lippen zittern.

«Ich werde ein ganz anderes Leben anfangen.»

«Du bist kein mieser Typ. Du hast überhaupt nichts von einem miesen Typ. Nicht das geringste!»

Es ist eine mondlose Nacht. Sie kann kaum das Gesicht ihres Sohnes erkennen.

«Ich kenne niemand, auf den diese Bezeichnung weniger passen würde als auf dich», sagt sie noch.

Sie macht keinen Versuch, sich ihm zu nähern, sie fürchtet zu sehr, er könne sich wieder zurückziehen und bereuen, daß er aus sich herausgegangen ist. Ab und zu fährt ein Auto vorüber und beleuchtet die weiße Wand und die Oleanderbüsche. Im Zenit, am Rande der Milchstraße, glitzert der Schwan mit geöffneten Schwingen im unendlichen, tiefen Blau der Nacht.

«Geh zu Jeanne», sagt er, «ich bleibe hier.»

Elsa geht ins Krankenhaus zurück. Der junge Amerikaner ist nicht mehr da, sie fragt einen vorübergehenden Pfleger: er wird geröntgt, um die Brüche zu lokalisieren, der Chirurg ist eben eingetroffen, er befürchtet innere Blutungen. Eine Schwester teilt ihr mit, daß Jeanne auf der Entbindungsstation ist.

Es ist ein Zweibettzimmer, Jeannes Nachbarin hat eben entbunden, ihr Mann sitzt bei ihr, das Neugeborene schläft. Jeanne hält die Augen geschlossen. Elsa geht sofort auf die Suche nach einer Schwester oder einer Aufsichtsperson, findet aber niemand und muß umkehren. Flur und Eingangshalle liegen verlassen da, die leeren Stühle glänzen im Neonlicht. Die Angestellte hinter dem Aufnahmeschalter hört Radio-Monte-Carlo. Elsa geht zu ihr und sagt, man müsse Jeanne unbedingt in ein anderes Zimmer verlegen, und sie sagt auch warum. Die Frau hört zu, sie stellt sogar das Radio leiser, um besser zu verstehen. «Es gibt kein leeres

Einzelzimmer», sagt sie, «heute hat es mehrere Entbindungen gegeben, und Sie sind unangemeldet gekommen. Es ist noch ein Glück, daß Sie überhaupt ein Bett bekommen haben!» Sie spricht mit südlichem Akzent. «Welch ein Unglück für eine junge Frau! War ihr Mann auch noch jung? Sind Sie von hier?» Elsa zwingt sich, ruhig und höflich zu bleiben. «Und Sie?» fragt sie ihrerseits. «Ich wohne landeinwärts bei La Garde-Freinet, kennen Sie die Gegend?» Und die Frau erzählt von den Bienen, die sie züchtet, und von der Kastanien- und Weinernte, die in zwei Tagen anfangen soll: «Es ist bei uns oben kühler als hier unten am Meer.» Sie freut sich, mit jemand sprechen zu können. Elsa muß an Jeanne denken, an ihre geschlossenen Augen und daran, daß sie dem glücklichen Paar zuhören muß. «Ich bitte Sie, tun Sie etwas, verlegen Sie sie in eine andere Abteilung!» Das ist leider nicht möglich, die Angestellte setzt ihr liebenswürdig auseinander, warum es nicht geht: «Man kann sie nicht auf die Chirurgie legen, oder, sagen wir, auf die Wiederbelebungsstation. Wir haben dieses Jahr fast jeden Tag Ertrunkene gehabt. Die Fremden, die kommen, kennen das Meer nicht und fahren einfach mit einem Boot los, oder sie schwimmen zu weit hinaus, so daß man sie zurückholen muß. Manchmal kommt die Rettung zu spät, und man kann sie nicht mehr wiederbeleben. Auch Selbstmorde gibt es viel. Unglaublich! Die jungen Leute aus den Städten kommen hierher, um sich umzubringen . . .» Sie hört nicht auf zu reden. Elsa unterbricht ihren Redestrom mit der Frage, wo sie einen Arzt finden könne. Die Frau zeigt ihr, wo er herauskommen wird, sobald die Entbindung, die augenblicklich im Gang ist, vorüber sein wird.

Elsa geht, um Thomas zu holen, damit Jeanne nicht länger allein bleibt. Es ist fast elf Uhr, als der Arzt erscheint. Er hat Jeanne untersucht, im Augenblick müsse man abwarten. Er hat einen anormalen psychischen Zustand festgestellt. Elsa faßt sofort Zutrauen und erzählt ihm die ganze Geschichte, den schweren Schock ihrer Freundin. «Sie hat keinen Lebenswillen mehr», sagt sie mit einem gewissen Pathos. Und während sie spricht, wird ihr bewußt, daß sie diese letzten sechsunddreißig Stunden in der ständigen Angst verbracht hat, Jeanne könne sterben; auf welche Weise weiß sie nicht, vielleicht einfach, indem sie auf der Straße davonging, so lange, bis sie umfiel, oder indem sie im Gehölz verschwand, auf den noch unbebauten Hügeln, wo nur die Jäger und ihre Hunde hinkamen, um zu jagen. Der Arzt versucht sie zu beruhigen: solche Zustände gingen vorüber, man müsse den kritischen Punkt überwinden, Jeanne sei nicht in Gefahr; wenn sie erst einmal ihr Kind sähe und es in den Armen halte, würde sie wie alle Mütter reagieren. Elsa ist nicht überzeugt, wagt es aber nicht zu sagen. Ist Mutterliebe bei allen Frauen etwas Selbstverständliches, Angeborenes? Wird es bei Jeanne so sein? Der Arzt verspricht, sie so bald wie möglich in den Kreißsaal zu legen.

Es wird eine endlose, im Unwirklichen schwebende, von Jeannes immer wieder aufflackernden Wehen rhythmisch unterbrochene Nacht.

Thomas ist, verstört von dem Gesehenen, wieder hinuntergegangen. Die junge Mutter schläft, das Kind hat man ihr, nachdem ihr Mann gegangen ist, wieder fortgenommen. Jeanne kämpft wie ein Tier in einer Falle. Ihr leises Klagen schlägt manchmal um in laute Schmerzensschreie. Elsa flicht ihr Haar zu einem Zopf und trocknet das schweißnasse Gesicht. Nicht ein einziges Mal öffnet Jeanne die Augen, sie mauert sich hinter den fest geschlossenen Augenlidern ein in ihrer Nacht und antwortet auf Elsas Zuspruch nur mit einer Bewegung der Lippen. Elsa hat zwei Stühle zusammengerückt, um sich auszuruhen, aber sie kann nicht einen Augenblick schlafen. Eine Schwester kommt mehrmals herein, macht Licht, wirft einen Blick auf Jeanne, fühlt ihren Puls, gibt ihr eine Spritze und geht, ohne ein Wort zu sagen, wieder hinaus.

Gegen zwei Uhr wird Jeanne in den Kreißsaal gebracht. Sobald sie aus dem Zimmer ist, läßt Elsa sich auf das Bett fallen und schläft traumlos und so schnell ein, daß sie nicht einmal Zeit hat nachzudenken. Thomas bleibt draußen die ganze Nacht wach und stellt Gott und die Welt in Frage.

Gegen Morgen entschließt sich der Arzt zu einem Kaiserschnitt. Mehrere Stunden lang ist die Entbindung trotz einer Transfusion, die eine Dehnung und Erweiterung hätte hervorrufen sollen, nicht mehr vorangekommen, Jeanne ist erschöpft und leidet unnötig; der Arzt hat auf ein Zeichen gewartet, um seinen Entschluß zu fassen, und als die Herztöne des Kindes langsamer werden, zögert er nicht mehr länger und läßt Elsa informieren.

Während der Operation gehen Thomas und seine Mutter auf die Straße hinaus. Es ist in diesem Sommer das erste Mal, daß Elsa bei Morgengrauen unterwegs ist. Sie zittert vor Kälte und Müdigkeit. Wenige Schritte hinter dem Krankenhaus ist die Stadt zu Ende.

«Dauert ein Kaiserschnitt sehr lange?» fragt Thomas.

«Ich glaube nicht, aber bis man sie zurückbringt, wird mindestens eine Stunde vergehen», sagt sie.

Thomas blickt gerade vor sich hin auf das Straßenpflaster, und wenn er einen Stein sieht, stößt er ihn mit dem Fuß beiseite. Sie schlagen einen Feldweg ein, der zwischen zwei Weinbergen hindurchführt. Ein Teil der Trauben ist schon gepflückt. Die meisten Villen sind verlassen.

«Wenn ich eine Frau liebte und sie stürbe, würde ich mich umbringen. Aber auf der Stelle, sonst tut man es nicht mehr.»

Elsa findet keine Antwort, in seinem Alter hätte sie dasselbe gesagt. Vielleicht hat er recht. Die Landschaft – Reben und Himmel – verblaßt, und eine strahlende Erinnerung tritt an ihre Stelle. Elsa sieht das Bild vor sich und hört dazu den Klang der Stimme:

Er tritt an die Wiege, bleibt unbeweglich mit geneigtem Kopf stehen, betrachtet das Kind, betrachtet es lange, deckt es auf, sieht es schlafen, beugt sich zu ihm, streckt eine Hand aus und streicht leise über die zarten Linien von Wange und Ohr. Das Kind schläft, man hört es atmen, er nimmt sein Händchen, breitet es auf seiner Hand aus, bewundert die Vollkommenheit der Nägel, dreht es um und prüft die Handfläche, in der drei Linien eingegraben sind. Er behält die Kinderhand in der seinen, nimmt alle Einzelheiten in sich auf, beugt sich wieder vor und streichelt die unbedeckten Beinchen, deren Haut zart ist wie ein Blütenblatt.

Schließlich löst er seinen Blick von dem Neugeborenen, geht langsam zum Fenster und schiebt die Gardine beiseite, Elsa hört Menschen und Autos auf der Straße. Dann dreht er sich um, sieht sie an und setzt sich an das Fußende ihres Bettes. «Wir haben ein Kind; ich habe ein Kind; unser Kind ist geboren!» Er wiederholt diese Sätze mehrmals, als sei er in einem Traum oder in Seligkeit versunken. Dann schweigt er. ‹Wie fern das ist›, denkt Elsa, ‹fast wie aus einem anderen Leben!›

«Wir müssen zum Krankenhaus zurück», sagt Thomas.

Sie kehren um. Wie spät mag es sein? Sechs Uhr? Sieben? Die Sonne ist noch nicht aufgegangen, aber sie muß bald über dem Meer auftauchen.

Puck schläft noch fest, bald jedoch wird der

Zeitpunkt kommen, wo er gewöhnlich aufwacht; er liest noch nicht gut genug, als daß man ihm einen Zettel hinlegen könnte. Sie setzen sich auf eine Bank, die sie vorher nicht bemerkt haben. Auf der Straße geht es nun lebhafter zu, Lastwagen voller Männer und Frauen kommen vorüber, auch Mädchen und junge Männer zu Fuß, in Blue jeans, mit Gitarren und Rucksäcken. Die Weinernte ist in vollem Gang.

«Wann werden wir nach Paris fahren können?» fragt Thomas.

Plötzlich wird es Elsa klar, daß sie Volodia sehen wird.

«Ich weiß nicht. In zehn bis vierzehn Tagen vielleicht, das hängt vom Arzt ab.»

Sie gehen zum Zimmer hinauf. Jeanne ist noch nicht zurück. Fast eine halbe Stunde vergeht, bevor sie das Summen des Fahrstuhls hören und das Rollen der Bahre. Eine Schwester kommt mit dem Neugeborenen auf dem Arm herein. «Es ist ein Junge», sagt sie, und legt ihn in das Gitterbett.

Jeanne schläft noch, als man sie ins Bett hebt. Sie liegt ganz still und ist sehr schön. Thomas besieht sich das Kind, verzieht das Gesicht und sagt: «Komisch, ich hab noch nie eins gesehen.»

Elsa setzt sich neben Jeanne auf einen Stuhl. Er wird Jean heißen, denkt sie, so hatten sie es beschlossen, wenn es ein Junge würde.

Sie lauscht auf die regelmäßigen Atemzüge und wartet, daß Jeanne aufwacht.

Hannah Green

Ich habe dir nie einen Rosengarten versprochen

Bericht einer Heilung. rororo 4155

«Packend erzählt, erlaubt der Bericht einen Blick in die Alptraumwelt psychotischen Fühlens und zugleich in jene banalen Schrecknisse familiärer Alltäglichkeit, denen der sogenannte Geisteskranke ein solches Inferno vorzieht.» Die Zeit.

Mit diesem Zeichen

Roman. rororo 4869

Janice und Abel können sich nur durch Gesten miteinander verständigen. Sie leben in einer Welt ohne Töne. Welche Schwierigkeiten und Demütigungen sie durch ihre Umwelt erleben und welche Freude und Schmerzen mit ihren gesunden Kindern, von ihrer Armut und ihrem Lebenswillen erzählt dieser mitfühlende, authentische und ungewöhnliche Familienroman. «Hannah Green öffnet den Blick für ganz neue Fragen zu unserer Existenz» (Süddeutscher Rundfunk).

Wenn es Sommer wird

rororo 4992

«Auch die zehn Erzählungen, die in dem Band «Wenn es Sommer wird» versammelt sind, bewegen sich an den Rändern der menschlichen Gesellschaft, entlang jenen Grenzen, die zwischen geglückter und verfehlter Anpassung, zwischen Gesundheit und Krankheit, zwischen Wohl- und Fehlverhalten verlaufen. Es sind Geschichten von Strafgefangenen, von Negern, Mexikanern und Juden, aber auch von vereinsamten Alten, von ratlosen Jugendlichen, von Menschen, die die geltenden Normen mißachten, weil sie ihnen nicht genügen: nicht genügen können oder nicht genügen wollen, das ist oft schwer auszumachen» («Frankfurter Allgemeine Zeitung»).

Der Gründer

Roman. rororo 5168

Ihr neuer Roman «Der Gründer» ist die Geschichte der Entstehung, des Aufblühens, aber auch des beginnenden Niedergangs einer Sekte in der ländlichen Provinz Amerikas, irgendwo in der Hochebene Colorados. Der «Gründer» ist ein eher einsamer, wortungewandter Mann, der am Ende verheerender Dürrejahre die Erfahrung persönlichen Gotteserlebens macht... Dieses Erlebnis öffnet ihm den Mund, und aus dem Weitergeben des erfahrenen Trostes, der erfahrenen Freude entsteht – ohne sein Zutun, ohne daß er es will oder auch nur wirklich merkt – eine Gemeinde.

rororo

2062/3